Catherine May

# IM KLEINEN SCHWARZEN
## Teil 3

Erotische Erzählung

Crossdresser-Erzählungen
Band 5

Bibliographische Information der Deutschen Nationalbibliothek:
Die Deutsche Nationalbibliothek verzeichnet diese Publikation
in der Deutschen Nationalbibliografie. Detaillierte bibliografische
Daten sind im Internet unter http://dnb.dnb.de abrufbar.

© 2017 Catherine May
Herstellung und Verlag:
BoD – Books on Demand, Norderstedt

ISBN: 978-3-7431-9482-3

## Liebste Beate

ich habe gezögert, dir zu schreiben, wie ich es versprochen hatte, denn noch immer kann ich nicht glauben, dass das *wirklich* ist, was hier gerade passiert. Ich kann es nicht fassen, dass sich das Ganze noch immer nicht als bloße Fantasie oder als dummer Scherz herausgestellt hat, sondern dass es noch immer weitergeht. Schließlich *kann* das eigentlich gar nicht sein! Es ist viel zu verrückt, als dass es echt sein könnte, und wahrscheinlich wirst du es mir auch gar nicht glauben. Aber ich versichere dir: alles ist wahr, was ich dir jetzt schreibe, nichts davon ist gelogen oder auch nur eine Wunschvorstellung, ich schwöre es dir! Also glaub mir bitte, selbst wenn es dir schwerfallen wird!

Erinnerst du dich noch an unsere ‚kleinen Abenteuer' zu Studienzeiten? *Natürlich* erinnerst du dich, wie solltest du nicht! Du wirst die Fotos ebenso hüten, wie ich sie noch immer habe. Übrigens sind sie Alex vor einiger Zeit einmal in die Hände gefallen, und für einen Augenblick konnte er einige von ihnen sehen, nur kurz, dann war ich schon da, um sie ihm aus der Hand zu reißen, es war zu kurz, als dass er die wirklich heiklen Bilder hätte finden können, aber ich habe ihm angesehen, dass seine Neugier geweckt war. Trotzdem hat er nichts gesagt und nichts gefragt, vielleicht hat er sie auch längst wieder vergessen, schließlich erscheint es mir selbst schon kaum mehr als wahr, was wir damals so getrieben haben. Mal ehrlich: Kannst du es dir noch vorstellen? – Erinnerst du dich an diesen kahlköpfigen Fettwanst, der so unglaublich geschwitzt hat? Dabei hat er noch mehr geschwitzt, wenn du deine Handschuhe angezogen hast, er hat gar nicht begriffen, dass du das nur tatst, weil du ihn so eklig fandst! Und weißt du noch, wie ich einmal einen Kleiderbügel aus massiver Eiche auf dem Hintern dieses wirklich fiesen Managers zerschlagen habe, und das nicht etwa, weil er darum gebettelt hätte – das hat er ja –, sondern weil er mich wirklich in Rage versetzt hatte mit seinem ewigen Gewimmer? Wie ich selbst erschrocken war, aber mir das nicht anmerken lassen wollte, weil der Fiesling es schließlich verdient hatte, wie ich nur zu gut wusste? War das ein Spaß! All das – ich weiß noch, wie du überlegt hast, ob du es nicht professionalisieren und zu deinem Beruf machen solltest, verdient haben wir dabei ja nicht schlecht! Aber für die Karriere bei der Bank war es schließlich auch keine schlechte Erfahrung …

Und jetzt kommt's – was ich dir jetzt schreibe, wirst du mir nicht glauben (ich weiß, ich wiederhole mich, aber es *ist* schlichtweg so): Durch einen ‚dummen' Zufall habe ich herausgefunden, dass Alex – ein Sissyboy ist! Wirklich! Ich habe ihn erwischt, wie er in meinen Dessous zu Hause im Bett lag. Ich war früher nach Hause gekommen, überraschend, und offensichtlich war er gerade dabei, in meinen Sachen herumzuwühlen und sie durchzuprobieren. Wahrscheinlich hat er das schon öfter gemacht, Zeit und Gelegenheit dafür hat er in seinem Homeoffice ja genug. Vielleicht war es aber auch das erste Mal, dann wäre es unglaubliches Pech für ihn gewesen, dass ich ihn schon da erwischt habe. Jedenfalls hat er sich unfassbar tollpatschig angestellt; er hatte ganz offensichtlich noch keine Erfahrung damit, hatte noch nicht herausgefunden, wie man soetwas richtig genießen kann; jedenfalls war er, als ich plötzlich im Zimmer stand, so verlegen, dass er gar nicht wusste, was er sagen sollte, und seither habe ich ihn natürlich in der Hand.

Ich weiß noch nicht, ob es nur Crossdressing war. Keine Ahnung, wie weit er wirklich gehen will oder ob er sich, wenn er selbst bestimmen dürfte, mit dem gelegentlichen Tragen von Unterwäsche begnügen würde. Aber ich habe ihn erwischt, und jetzt hat er natürlich ein schlechtes Gewissen, und seither zwinge ich ihn, als Transe zu leben! Wirklich: er muss 24/7 Frauenkleider tragen! Muss sich schminken, pflegen und frisieren. Und das Größte ist: er lässt es mit sich machen!!! Vielleicht ist das das Aufregendste und Überraschendste an der Sache: Mein Alex, der auf alle souverän bis zur Arroganz wirkte, kuscht vor mir und lässt sich in ein Röckchen stecken, rasiert sich brav die Beine und lässt auch ansonsten mit sich machen, was immer mir einfällt. Bis hin zu echten Demütigungen.

Natürlich hat er sich am Anfang zu wehren versucht, aber so halbherzig und lahm, dass ich immer noch ein Stück weiter gehen konnte, wenn er protestierte. Und das habe ich gemacht, du kannst dir gar nicht vorstellen, wie nahtlos ich an das anknüpfen konnte, was ich damals bei dir gelernt habe! Und schneller als sich mein kleiner Sissyboy versehen konnte, steckte er mit abgeschlossenem Schwanz (ich benutze wieder den CB 6000, ich glaube, es gibt noch immer nichts Besseres für die Langzeit-Keuschhaltung) und vollständig rasiert in Nylonstrümpfen und Kleidern! Inzwischen wachsen Kopfhaar und Fingernägel und in einer oder zwei Wochen wird er – spätestens dann muss ich „sie" sagen – perfekt sein, zwar noch mit Kurzhaarfrisur, aber mit einer *sehr* femininen, mit Ohrgehängen und rotlackierten Krallen. Schon jetzt trägt er dauerhaft mindestens 10 cm hohe Absätze, zierlichen Schmuck und ist ständig geschminkt, mit grellrotem Lippenstift und starkem Augenmakeup.

Kannst du dir das vorstellen? Mein Alex? Der durchtrainierte Baseballer mit den ewigen Machosprüchen auf den frechen Lippen? Aber wir haben es ja schon damals gesagt: Wir werden ihm das austreiben. Wir Frauen sitzen immer am längeren Hebel ...

Inzwischen darf er seine alten Freunde nicht mehr sehen – außer in Kostüm, Stayups, Pumps und mit manikürten Finger- und Fußnägeln; wenn er sie *so* sehen will, soll es mir recht sein (grins!) –, Bier und Schnaps sind tabu, stattdessen muss er Frauenzeitschriften lesen und verbringt seine Zeit mit Körperpflege und Frauen-Fitnesstraining! Stell dir das vor: Jeden Morgen muss er vor dem Frühstück, in Sport-BH, Tanktop und Leggins, zu einer DVD Übungen für einen straffen Bauch, definierte Arme und schöne, schlanke Beine machen! Und er macht es! Jedenfalls so weit ich es überprüfen kann. Nicht ganz ohne Widerspruch, aber er macht es!

Nun stellt sich für mich die Frage, wie weit denn *ich* eigentlich gehen will. Was meinst du? Soll ich Hormone einsetzen? Will ich, dass ihm echte Titten wachsen und er zur Shemale wird? Will ich einen Ladyboy, ohne diese martialischen Muskelpakete (das auf jeden Fall!) und mit einer Wespentaille (dann müsste ich ihn 24 Stunden am Tag in ein Korsett schnüren, damit die Rückenmuskulatur sich zurückbildet)?

Der Sex war in den vergangenen Monaten, so lange er noch biersaufender Macho-Mann war, eher lau, das gebe ich zu. *Das* ist für mich sicher nicht erstrebenswert, *dahin* will ich nicht zurück! Vielleicht habe ich ja tatsächlich mehr davon, wenn ich ihn als 24/7-Transe halte – ob nun mit oder ohne Hormone. Oder? Ist das mit den Hormonen, wenn der Macho sich langsam zur Sexsklavin verwandelt, nicht erst der eigentliche Kick – jedenfalls für mich? – Ich brauche deinen Rat, liebste Beate!

Erstmal werde ich ihm jetzt Ohrlöcher stechen lassen und dann bekommt er schöne, große Ohrgehänge! Vielleicht bekommt er ein Permanent-Makeup verpasst, ich lasse ihn am Arsch tätowieren – „ich bin ein Sissyboy und gehöre meiner Herrin Eva" oder so. Dann werde ich ihn ordentlich eng schnüren, damit er trotz seiner Bauchmuskeln eine schmalere Taille bekommt, so lange die Hormone noch nicht wirken. Und dann ...

Ich fürchte, jetzt geht meine Fantasie mit mir durch! Dabei weiß ich doch noch gar nicht, wohin ich eigentlich will. Schließlich gibt es ja noch andere Möglichkeiten. Ich kann ihn ganz für mich und meine Freundinnen behalten, aber vielleicht will ich ja auch Abwechslung? Seit er Spitzendessous, Nylonstrümpfe und Highheels trägt, ist unser Sexleben berauschend, keine Frage. ‚Marie', wie ich ihn nun nenne, gibt sich die größte Mühe und erfüllt mir jeden Wunsch. Wirklich jeden! Offenbar will er ‚gut Wetter' machen und mich gnädig stimmen. Allerdings muss ich diese Wünsche erst *äußern*, ich muss ihm – nein: ihr – genau sagen, was ich von ihr will. Von selbst kommt sie nicht darauf, wie auch, sie hat ja noch keinerlei Erfahrung damit. Früher habe *ich* mich bemüht, Alex hat nur genossen. Jetzt ist es umgekehrt – jetzt bin *ich* dran! Und das gebe ich so schnell nicht wieder auf, das darfst du mir glauben! Aber ich weiß eben noch nicht, wie weit ich gehen will.

Behalte ich den Sissyboy ganz für mich allein? Teile ich ihn mit Freundinnen? Oder soll ich ihn gar vermieten? Was meinst du? Willst du ihn dir nicht einmal ansehen?

Überhaupt: du? Siehst du auch, was ich sehe? Die Möglichkeiten, die sich *für uns* da so unverhofft auftun? Denkst du, was ich denke, *fühlst* du, was ich *fühle*, liebste Beate?

Übrigens – fast hätte ich es vergessen zu erzählen: Marie sieht wirklich hinreißend aus. Natürlich trainieren wir auch fleißig, so dass sie auf den hohen Absätzen elegant gehen kann und sich bewegt wie eine stilvolle, attraktive Frau. Und du würdest staunen, wie gut ihr die Kleider stehen! Ihre Figur ist gar nicht so schlecht, selbst jetzt schon, wo da noch überall Muskeln sind. Vor allem hat sie überraschend schöne Beine. Das ist natürlich sehr wichtig, da sie ja nur noch Röcke tragen darf (wirklich! sie hat keine einzige Hose, im Augenblick!). Und weil sie so schöne Beine hat, bestehe ich sogar auf ziemlich kurzen Röcken.

Und so sind wir am Dienstag-Abend zusammen in die ‚Südsee' gegangen, ein Gartenlokal drüben im Park. Zufällig war dort auch ein Nachbars-Ehepaar, und zum ersten Mal kamen wir mit den beiden richtig ins Gespräch. Marie war natürlich nervös und fürchtete die ganze Zeit, dass sie sie erkennen und alles durchschauen würden, aber das haben sie nicht: Sie haben, soweit ich es beurteilen kann, nichts gemerkt! (So gut sieht Marie schon jetzt aus!) Stattdessen hat sich Paul mit Marie lange unterhalten und nachdem ich selbst ein wenig mit- und nachgeholfen hatte, hatte Marie – halt dich fest! – einen Termin für ein Vorstellungsgespräch bei ihm in seiner Kanzlei! So wird der kleine Sissyboy am Freitag, nicht ganz freiwillig, in einem schicken Kostümchen, das wir morgen kaufen werden, ein Vorstellungsgespräch für einen Job als Sekretärin haben! Und wie Paul, der übrigens ziemlich gut aussieht, meine kleine Marie angesehen hat, wird sie den Job auch bekommen! Natürlich hat mir Marie zu Hause eine Szene gemacht, aber selbstverständlich gebe ich nicht nach: da lasse ich sie so schnell nicht wieder heraus: Von Montag an wird sie als Sekretärin arbeiten! Ich würde ja zu gern Mäuschen spielen und mir das ansehen, wie sie in ihren schicken Pumps über den Teppichboden huscht und hofft, dass sie von niemandem gesehen wird. Ich muss jetzt schon lachen, wenn ich mir das vorstelle! Ich werde dafür sorgen, dass das Kostüm wirklich perfekt sitzt – eher eine Nummer zu klein als richtig passend, und nicht zu bequem, für den Anfang. Vielleicht kaufe ich ihr ja sogar noch größere Titten, bis jetzt hat sie eine BH-Größe von B90, aber ich würde eigentlich gern auf mindestens C hochgehen (oder doch eher auf D? kicher). Die Titten sollten richtig schwer sein und schön schwingen, dann gucken die Kerle sowieso nirgendwo sonst mehr hin, außer vielleicht noch auf die Beine und den Minirock. Vielleicht bekommt sie auch ein Bauchnabelpiercing und einen *extrakurzen* Minirock; und dann noch Stiefel mit mindestens 12 cm Absatz, am besten Overknee-Stiefel ... ja, ja, ich höre dich schon, wie du sagst: Du spinnst! Natürlich: meine Fantasie geht mal wieder mit mir durch. Logisch, dass Marie so, als *Pretty woman*, nicht zum Vorstellungsgespräch erscheinen kann. Sie soll da ja nicht als Nutte arbeiten, sondern als seriöse Sekretärin (glaube ich). Aber wenn wir herausfinden, dass es diesem Paul gefällt, dann könnten wir uns ja trotzdem langsam in diese Richtung bewegen. Stiefel dürfen Sekretärinnen inzwischen bestimmt auch mal tragen, bei uns in der Bank zwar nicht, aber vielleicht in einer Kanzlei. Nur mit dem bauchfreien Top, das das Bauchpiercing sehen lässt, wird's wahrscheinlich schwierig. Da fällt mir ein: ein Nasenpiercing – das mochtest du doch immer. Trägst du noch einen Nasenring? Vielleicht verpasse ich meiner Marie ja auch einen kleinen Ring am Nasenflügel, und da könnte ich draufgravieren lassen: „Ich gehöre Eva".

Übrigens – ich habe es Marie nicht gesagt, aber ich kenne diesen Paul schon etwas länger. Er hat Geld bei uns angelegt, ziemlich viel sogar. Er muss so reich sein, wie du und ich uns das gar nicht vorstellen können, nach den Summen, die er – zum Teil in bar – bei uns eingezahlt hat. Ich will da jetzt nicht näher drauf eingehen, aber im Augenblick stecken wir damit ziemlich in der Bredouille. Um nicht zu sagen: Ich sehe in Marie eine Möglichkeit, ihn bei Laune zu halten. Er darf auf keinen Fall mitbekommen, wie es im Augenblick um seine Finanzen bestellt ist, und *wenn* er es merkt, dann sollte er schon so tief in seiner Affäre stecken, dass er sich nicht wirklich regen kann. Ich weiß zwar nicht, wie weit er gehen würde – aber irgendwie habe ich den Eindruck, dass er trotz seines smarten Auftretens ein knallharter Geschäftsmann ist. Das heißt, Marie sollte ihn bis zu diesem Zeitpunkt schon *sehr* fest an der Angel haben. Er muss etwas zu verlieren haben …

Ja, dafür würde ich Marie gern einsetzen. Und um das zu erreichen, müssen wir noch einiges schaffen. Letztlich darf an ihr von ‚Alex' nicht mehr übrigbleiben als sein schöner Schwanz. – Ich weiß übrigens nicht, warum das so ist, aber irgendwie reizt es mich *unglaub-*

*lich*, an ihr Änderungen vorzunehmen, die *unumkehrbar* sind! Ich meine, was ist schon dabei, wenn ich sie die Beine rasieren lasse und sie dann für ein paar Tage Höschen und Stayups trägt! Sicher, das sieht toll aus – du kannst dir gar nicht vorstellen, wie kleinlaut Marie ist, seitdem sie Dessous und Seidenstrümpfe trägt (und die Tampons nicht zu vergessen!) – und es macht mich auch an, besonders wenn es farblose Strümpfe sind, die ihre Beine länger und schlanker, eben weiblicher aussehen lassen. Aber das ist zwar vielleicht ein wenig demütigend für den guten Alex, aber geht doch vorüber – wenn auch nicht so bald, wie er es sicher hofft, und die Hoffnung stirbt ja bekanntlich zuletzt, in diesem Fall die Hoffnung auf ein Ende und eine vollständige Rückkehr zum Machoism. Außerdem kann er sich auch jetzt schon (fast) ganz frei fühlen, wenn ich gerade nicht da bin, und das ist ja ziemlich häufig, da muss er dann überhaupt nicht mehr daran denken, dass ich ihn in ein Mädchen verwandle. Wenn ich aber etwas *Unumkehrbares* mache, etwas, das ihn sein ganzes Leben begleiten wird, wenn er *permanent* und *auf Dauer* vorgeführt bekommt, dass er jetzt ‚Marie' ist, meine Gespielin, und dass es keinen Weg zurück gibt, jedenfalls nicht *ganz* zurück – diese Vorstellung, liebste Beate, lässt mich feucht werden! Wirklich! Das macht mich an! Am liebsten würde ich ihr die Lippen aufspritzen lassen, den Adamsapfel wegoperieren, die unterste Rippe entfernen und sie schnüren, bis sie Nierenquetschungen erleidet und ich ihre Taille mit meinen Händen umfassen kann! Die Augenbrauen werde ich *auf jeden Fall* zupfen lassen, aber selbst das ist ja nichts wirklich Unumkehrbares. Da kann er immernoch darauf hoffen, dass sie wieder nachwachsen. Da müsste ich ihm die Haare schon permanent entfernen lassen ... Beim Permanent-Makeup wäre das auch schon *etwas* anders. Ein Tattoo an der richtigen Stelle, reizt mich sehr, aber je mehr ich darüber nachdenke, desto sicherer bin ich mir, dass ich meinem kleinen Sissyboy richtige Titten zukommen lassen will. Diese Sache mit den Silikonbrüsten ist doch wirklich *zu* lästig, *ohne* BH geht es auf diese Weise gar nicht (außer mit einem Kleber) und selbst *mit* BH ist das schwierig. Und stell dir das im Bett vor: mit Titten und echtem Schwanz! Marie oben herum Mädchen, unten herum Alex, wenn auch viel gepflegter, als Alex es jemals war – Marie ist natürlich schon jetzt vollständig rasiert und mit ein bisschen Creme wird sie auch bald ganz glatte Haut um das beste Stück herum haben – warum also nicht permanent die Haare entfernen lassen?

Aber ich weiß nicht, ob ich mich das traue. Ich meine, was ist, wenn er nun doch eigentlich nicht will, wenn er sich zu wehren beginnt, das Ruder herumreißt und sich von mir einfach nichts mehr aufzwingen lässt? Und dann hat er aufgespritzte Lippen ... und vielleicht sogar Titten ...

Was meinst du dazu? Oh ja, richtig, ich höre dich schon: Was interessiert dich denn der Kerl! Die fragen ja auch nicht, was *uns* interessiert! Ich sehe dich immernoch dastehen, wie du dir die Kleider vom Leib gerissen und die Kerle verflucht hast, die dich – *angeblich*, wenn ich das hinzufügen darf – dazu zwangen, so unbequeme Sachen wie einen BH oder Highheels zu tragen und dich für ein paar Pfund zu viel auf deiner Taille zu schämen. Aber schon damals unterschieden wir uns ja in diesem Punkt ein wenig. Ich habe es noch nie so empfunden, dass ich Highheels wegen der Kerle trage. Ich trage sie einfach *gern*, ich fühle mich damit stark und sexy und schön und habe damit ja auch entsprechend Erfolg – bei dir zum Beispiel! Oder hättest du mich ohne meine 12cm-Pumps überhaupt wahrgenommen? Und die Overknee-Stiefel mit den Stiletto-Absätzen hast du doch auch gemocht, oder nicht? Jedenfalls habe ich das so in ziemlich lebhafter Erinnerung ... ;-)

Aber zurück zu meiner Frage: Ich lasse es mir Marie gegenüber selbstverständlich nicht anmerken, aber ich bin mir nicht sicher, ob es ein Fehler ist, danach zu *fragen*, ob es auch für Alex – oder Marie – in Ordnung ist, solche unumkehrbaren Veränderungen vorzunehmen. Selbstverständlich ... natürlich könnte man die Tatsache, dass er sich nicht wehrt, als Zustimmung deuten und könnte annehmen, dass er alles, was er mitmacht, auch *will*, dass ich ihm geradezu *helfe*, weil er selbst sich das nicht trauen würde, obwohl es vielleicht seine intimsten Wünsche sind. Aber ich bin mir da eben nicht so sicher. Ich meine, du weißt, dass ich ziemlich bestimmt, um nicht zu sagen dominant auftreten kann. Und Alex will mich nicht verlieren, dessen bin ich mir ganz sicher (ich habe ihm damit gedroht, falls er nicht spurt, es ist das ultimative Druckmittel, selbst wenn ich diese Drohung niemals wahrmachen würde), und deshalb fühlt er sich natürlich abhängig von mir und meinen Launen. Und wenn ich ihm aus einer Laune heraus die Fingernägel lackiere, ihn seinen Schambereich rasieren lasse und ihn zwinge, zierlichen Schmuck zu tragen, dann ist das die eine Sache, aber ihm die Lippen aufspritzen, ihn Hormone schlucken zu lassen, ihm echte Titten zu verpassen und die unterste Rippe entfernen zu lassen, um seine Taille auf unter 60

Zentimeter zu drücken – das ist doch ... irgendwie ... etwas anderes, finde ich.

Ach, wie schön wäre es, wenn du jetzt hier wärst! Dann könnten wir all das besprechen und Pläne machen! Du hättest sicher noch tausend Ideen, auf die ich selbst nicht komme. So muss ich hier allein über diesem Brief sitzen und versuchen, deine Antworten auf meine Fragen zu erahnen.

Bitte, liebste Beate, versprich mir, mir zu schreiben, so schnell zu kannst! Ich brauche deinen Rat! Ich muss wissen, was ich tun und wie weit ich gehen kann! Und das muss ich möglichst *schnell* wissen, denn auch dieses Eisen muss geschmiedet werden, so lange es noch warm ist. Und das Vorstellungsgespräch ist schon morgen! Mist! Am besten ist, du rufst mich an, sobald du diesen Brief hast, dann weiß ich wenigstens, was ich am Wochenende tun kann, wenn Marie überlegt, wie sie mit der Jobzusage umgeht (ich werde ihr nicht viel Spielraum lassen! ;-)) und wie sie am Montag ins Büro gehen wird. Denn dass sie diesen Job bekommen wird, daran gibt es für mich keinen Zweifel! Du hättest diesen Paul sehen sollen, wie hilflos er an der Angel hing, die die schüchterne Marie ganz naiv in den Händen hielt, ohne dass sie überhaupt merkte, was sie tat! Ein besonders delikater Genuss, das kann ich dir versichern! (Ich glaube wirklich: Sollte Paul auf die Idee kommen, sein Geld zurück haben zu wollen, dann brauchen wir Marie nur in Overknee-Stiefel zu stecken und ihr Silikontitten in Größe D zu besorgen – der Rest geht ganz von allein!)

Also: ruf mich an! Ich freue mich sehr darauf, deine Stimme zu hören – nach so langer Zeit! – und noch mehr darauf, wieder gemeinsam mit dir Pläne zu schmieden! Das war wohl die schönste Zeit meines Lebens, als wir unsere Fischzüge planten und sie durchführten, ‚ohne Rücksicht auf Verluste'! Lass uns diesen Faden wieder aufnehmen! Ich möchte unbedingt an diese Geschichten anknüpfen! Ich weiß, dass du das auch willst!

Ich küsse dich – wohin, darfst du selbst entscheiden!
*Für immer die Deine*
Eva

## Zum ersten Mal

Alex hatte wirklich alles versucht. Er sah nicht ein, dass er sich, nur weil sich die Bank, in der Eva arbeitete, verspekuliert hatte, in Frauenkleidern an einen reichen Macho verschachern lassen sollte, der ‚Marie' schon bei ihrer ersten Begegnung ganz offensichtlich in eine eindeutige Schublade einsortiert hatte, und das noch dazu in Gegenwart seiner Frau! Doch Eva hatte sich auf keine Weise erweichen lassen – er hatte es gar nicht glauben können, erkannte seine Ehefrau nicht wieder. Stattdessen war sie sogar noch eindeutiger geworden: Wenn Paul seine Einlagen aus der Bank abziehen würde, dann wäre das das Aus der Bank, hatte sie gesagt, dann müsste sie Konkurs anmelden – und dann sei nicht einmal mehr genügend Geld da, um ihm wieder Männerkleidung zu kaufen. Schließlich sei auch der Koffer mit seiner Kleidung, der vor drei Tagen in die Garage gewandert war, inzwischen entsorgt – sie hätte diese schmuddeligen Männerklamotten einfach nicht mehr ertragen können. Ein alarmierter Blick bei abendlicher Dunkelheit in die Garage bestätigte die Andeutung: der Koffer war weg! Er hatte nicht einmal mehr Tennissocken oder eine Badehose! Stattdessen hatte Eva ihm einen einteiligen Badeanzug mitgebracht, den er, wie sie betonte, problemlos tragen könne, wenn er die Silikoneinlagen mit dem Spezialkleber anklebte und unter dem Badeanzug eine feste Miederhose trug ...

Und außerdem, so sagte Eva während einer heftigen Auseinandersetzung, hätte sie inzwischen mit Paul, der sie angerufen hatte, gesprochen und ihm zugesagt, dass Marie morgen, am Freitag um 10 Uhr, nicht etwa nur zu dem vereinbarten Vorstellungsgespräch kommen, sondern bereits mit der Arbeit beginnen würde. Übrigens ließe sich Paul nicht lumpen und hätte ein Anfangsgehalt angedeutet, von dem sich Marie nicht mehr von Eva durchfüttern lassen müsse – da seien dann auch, wie sie lächelnd hinzugefügt hatte, einem wirklich romantischen Hochzeitskleid und einer standesgemäßen Hochzeitsreise, vielleicht auf einem Kreuzfahrtschiff, keine Grenzen mehr gesetzt. Und Eva hatte trotz ihres Streits gelächelt und Alex hatte irritiert festgestellt, dass sie sich auf diese ‚Hochzeit' wirklich zu freuen schien. „Und auf die Flitterwochen", hatte Eva hinzugefügt, als Alex eine Andeutung gemacht hatte.

Es gab also ganz offensichtlich wirklich kein Zurück mehr. Alex sah keinen Ausweg: er musste sich auf die Situation einlassen und das Beste daraus machen. Die Hauptsache war zweifellos, dass niemand etwas merkte. Und wenn Paul ihm tatsächlich an die Wäsche gehen sollte, dann ... dann war er ja immernoch ein einigermaßen gut trainierter Mann und Paul war auch nicht *sein* Kunde. Dann würde er eben deutlich (wenn auch nicht ehrlich) werden müssen.

Seltsamerweise hatte ihn die Andeutung des Gehalts, das Marie beziehen würde, berührt. Marie würde mehr verdienen als Alex, und das, indem sie hohe Absätze, kurze Röcke und Seidenstrümpfe trug und lackierte Fingernägel hatte. Das war absurd. Aber attraktive Frauen hatten es ganz eindeutig leichter im Leben als eigenständig denkende Männer. Und wenn die attraktive Frau zudem klug und gebildet war – Alex hätte gern gewusst, was mit dieser Kombination letztendlich zu erreichen war. Für eine solche Frau müssten Leben und Karriere doch ein Kinderspiel sein!

Vor dem großen Tag standen allerdings noch zahlreiche Vorbereitungen. Bei näherem Hinsehen fehlte noch vieles, damit aus Marie eine glaubwürdige Sekretärin wurde. Und sie hatten nur noch diesen einen Tag. Aus diesem Grund machte Eva für den Nachmittag Termine für Maniküre und Pediküre und bei ihrer Friseurin. Und dann nahm sie sich selbst den Rest des Tags frei, um mit Marie in der übrigen Zeit ‚Benimm' zu üben, wozu sie alles zählte, was irgendwie mit der Frage zu tun hatte, wie sich Frau in der Öffentlichkeit bewegt und verhält. Sie kaufte sogar Karten für ein klassisches Konzert, damit sie den Abend in eleganter Garderobe und auf die gepflegteste Weise verbringen könnten, die in der Kürze der Zeit zu bieten war.

Doch bevor sie gemeinsam in die Stadt aufbrachen, um die notwendige Ausstattung für den Job zu kaufen und Marie im Schönheitssalon abzuliefern, geriet diese noch einmal ernsthaft in Panik angesichts der Peinlichkeit der Situation, wenn Paul herausfinden würde, was hinter der Verkleidung eigentlich steckte.

„Aber das ist doch gar keine Verkleidung!", wandte Eva genervt ein. „Verkleidung ist, wenn jemand sich einen Spaß macht und deswegen ein Kostüm trägt, um in eine andere, eine spaßige Rolle zu schlüpfen, die nicht er selbst ist. Aber bei dir ist es doch etwas ganz anderes, hast du gesagt. Du möchtest herausfinden, wieviel Frau du *bist* und ob du als Frau *leben* willst!"

„Also, erstens soll ich in diesen Kleidern eure Bank retten, und zweitens – *so* weit", er schaute an sich herunter und wies mit theatralischer Gestik auf sich selbst, „hatte ich eigentlich *nicht* gehen wollen. Als ich deine Unterwäsche anprobiert habe, war das mehr eine fixe Idee, eine diffuse Neugier, der ich spontan und ohne darüber nachzudenken nachgegeben habe …"

Alex' Versuche, das Missverständnis, das ganz am Beginn dieser Geschichte seiner Verwandlung gestanden hatte, richtigzustellen, fielen inzwischen nur noch halbherzig aus. Eva schien auf diesem Ohr vollkommen taub zu sein. Sie hatte sich etwas zurechtgelegt, wovon sie nicht wieder abzubringen war. Und diesmal reagierte sie sogar beinahe aggressiv.

„Willst du wirklich jetzt schon einen Rückzieher machen, wo es zum ersten Mal ernst wird? Zum ersten Mal kommst du in die Situation, wirklich als Frau in der Öffentlichkeit aufzutreten. Du sollst dich zum ersten Mal wie eine Frau verhalten, ohne dass ich neben dir stehe und dich retten kann, wenn zu Mist baust – da ziehst du schon den Schwanz ein und willst zu Mama auf den Schoß? Wie so ein richtiges kleines Weichei, ein Feigling – ein Sissyboy, bei dem es um nichts geht als um die billige, primitive Selbstbefriedigung? Ich sollte dir nicht Kleider, sondern Babywäsche anziehen, mit Windeln, und dir den Hintern versohlen, wenn du in die Windel machst!" Sie schüttelte den Kopf. „Das hätte ich nicht gedacht! Wirklich: du enttäuschst mich!" Und Eva sah Alex an und Alex meinte, Ernüchterung und sogar noch mehr in ihrem Blick zu lesen: Verachtung? Ekel?

Das aber wollte er auf keinen Fall. Und schon gar nicht, dass sie ihn für ein Weichei, einen Feigling hielt, dem es nur um billige, primitive Selbstbefriedigung ging und der kniff, sobald es ernst wurde. Also schickte er sich zähneknirschend und mit einiger Sorge in die heikle Aufgabe und hoffte, bis zum nächsten Tag vielleicht einen anderen Weg zu finden, wie er aus der Situation wieder herauskäme.

Allerdings sah es nicht so aus, als wenn Eva ihm dafür eine Gelegenheit bieten würde. Ganz im Gegenteil: Die Termine waren gemacht, der ganze Rest-Donnerstag war verplant.

Sie fuhren gemeinsam in die Stadt. Zuerst kauften sie in einem Spezialgeschäft ein richtiges Korsett, das Maries Taille so stark verengte, dass selbst Alex, der sich ernsthaft um eine positive Einstellung bemühte, begeistert war – jedenfalls solange er nicht einatmen musste. Die neuen Maße würden es ermöglichen, um gleich zwei Konfektionsgrößen nach unten zu gehen.

Und dann kaufte Eva gleich drei Kostüme, die so edel waren, dass Alex an einer Stelle, als gerade keine Verkäuferin in der Nähe war, raunte: „Ich werde doch keine *Staatssekretärin*!"

„Warum denn nicht?!" Eva wühlte zerstreut und ungerührt weiter in einem Regal.

Dazu kamen Nylonstrümpfe – keine Strumpfhosen, sondern Stayups und Strapse – von einer Qualität und einem Preis, dass es Alex geradezu schwindelig wurde, zumal in einer solchen Menge, dass Alex meinte, bis ans Ende seiner Tage an jedem Tag ein anderes Paar tragen zu können. Aber er musste zugeben, dass sich dieser teurere Nylonstoff nocheinmal anders auf der Haut anfühlte als der, den er bisher kennengelernt hatte.

„Sie!", korrigierte Eva ihn, als er in diesem Zusammenhang einmal von sich selbst als „er" sprach, „Sie! Du bist jetzt eine Sie! Also halt dich auch daran, Marie!"

Alex schwieg. Der Zug war so sehr in Fahrt gekommen …

Dann der erste Termin: Maniküre. Sie betraten den Salon und wurden hochprofessionell bedient. Als Alex allerdings zum ersten Mal zögernd seine Hand auf den Behandlungstisch legte – und dabei unweigerlich an „Tilly" von der Palmolivwerbung denken musste –, sah die junge Frau auf der anderen Seite des Tischs kurz irritiert auf und schien im nächsten Augenblick erst *wirklich* begriffen zu haben, worum es eigentlich ging. Auf Evas Geheiß hatte Alex sich seit seinem ‚Geburtstag' als Marie die Fingernägel nicht mehr geschnitten, so dass wenigstens *etwas* damit anzufangen wäre, aber als die junge Frau endlich wirklich begriffen hatte, plädierte sie vehement für eine künstliche Fingernagel-Verlängerung und warb leidenschaftlich für die unbegrenzten Möglichkeiten, die sich daraus ergeben würden – und nach kurzer Zeit stimmte Eva ihr zu.

Und so verwandelten sich Maries Hände nach und nach in kleine Kunstwerke. Wenigstens beim Nagellack durfte sie mitreden: es wurden keine Muster aufgetragen, stattdessen blieb der Lack einfarbig – ein elegantes Dunkelrot. Alex hatte schon immer dafür geschwärmt, und dass er nun diese Farbe auf langen Nägeln an der eigenen Hand sah, brachte ihn vollkommen durcheinander, versetzte ihn aber auch – heimlich – in eine kleine Trance.

Vom Nagelstudio wechselten sie nahtlos in einen Friseursalon. Hier dauerte es nicht so lange, bis die Friseurin wirklich begriff. Alex hatte keine Ahnung, welches der Moment war, in dem dies geschah. Eva behauptete später allerdings, dass es geschehen sei, als sie Marie zum ersten Mal in die Haare gegriffen hätte.

Sie habe gestutzt, noch einmal nachgefühlt, sie – Marie – dann von der Seite scharf angesehen und sei sich im nächsten Augenblick sicher gewesen. „Und du siehst", fügte sie triumphierend hinzu, „niemand reißt dir den Kopf ab, niemand verhöhnt dich oder kritisiert dich: so lange du es nur richtig machst!" Und sie hatte so gestrahlt, dass Alex sich ehrlich mit ihr gefreut hatte – zugleich aber auch *sehr* erleichtert war. Denn Eva hatte zweifellos recht: Bisher hatte ihn niemand für seine ‚Perversion', als die das Ganze zweifellos erscheinen musste, verurteilt oder beschimpft, ihn bloßgestellt oder angepöbelt. Die Frauen, die ‚es' bemerkt hatten, hatten im Gegenteil eher positiv reagiert.

Die Beratung und Wahl einer Frisur dauerte lange. Maries Haare waren so kurz, dass nur eine entsprechende Kurzhaarfrisur in Frage kommen konnte, es sei denn, sie wollte eine künstliche Haarverlängerung oder gar eine Perücke. Aber Paul hatte ‚Marie' ja schon mit den kurzen Haaren gesehen, da konnte sie nun nicht plötzlich mit einer Löwenmähne auftauchen. Also Kurzhaarfrisur. Eva allerdings bestand darauf, dass es eine wirklich sexy Frisur sein sollte, und so wurde sie dann auch. Ein bisschen zerwuschelt, mit ziemlich viel Haarspray in Form gehalten, die Ohren so frei, dass Ohrringe oder gar Ohrgehänge, wie die Friseurin lächelnd bemerkte, darin wunderbar zur Geltung kommen würden – nachdem sie und Eva sich geeinigt hatten, ließ sie gleich eine Kollegin kommen, die während einer kleinen Pause Marie, die sich wie gelähmt nicht zu rühren wagte, Ohrlöcher stach und diese mit mit winzigen Brillanten verzierten Ohrsteckern versah.

Als Marie sich am Ende im Spiegel betrachtete, hatte ihr Haar ein Volumen, dass sie bisher an sich nicht gekannt hatte. Am Hinterkopf allerdings war es recht kurz geschnitten und gab so ihrem Kopf eine fast zierliche, sehr elegante, zugleich sehr weibliche Form. Die Ohrstecker taten das Ihre dazu, und außerdem begann Eva mit der Friseurin nun eine Diskussion über die zur Frisur passende Weise des Schminkens. Und ehe sie sich's versah, war auch dafür eine Spezialistin da, bekleidet mit einem weißen Kittel und einem Köfferchen, das an die Ausstattung einer Maskenbildnerin erinnerte. Sie brachte auf Maries Augenlidern einen Lidstrich an, trug Lidschatten auf, der kaum zu sehen war und doch die Augen optisch leicht nach außen wandern ließ, zupfte dann konzentriert an den Augenbrauen herum, bis sie so schmal waren – und zugleich so hoch saßen –, dass an Alex' Gesicht mit Ausnahme der Augenfarbe nichts mehr erinnerte, erhöhte mit zurückhaltendem Rouge die Wangenknochen und trug abschließend einen zu all dem passenden, dezenten Lippenstift auf. Weiblicher ging es mit diesen kurzen Haaren und dem verhältnismäßig unauffälligen Make-up wirklich nicht mehr, das musste Marie eingestehen.

Und abends ging es ins Konzert. Unter den edlen Kostümen, die sie gekauft hatten, befand sich auch ein elegantes, schwarzes. Eigentlich bestand es aus einem schwarzen Etuikleid und einem dazu passenden Jäckchen. Marie trug dazu schwarze Seiden-Dessous, schwarze Strümpfe, schwarze Pumps und goldenen Schmuck. Sie kam gerade erst vom Friseur und Eva hatte sie mit ein paar Spritzern ihres eigenen Parfums besprüht. All das passte so gut zusammen, die Illusion war so perfekt, dass Alex es wieder einmal nicht glauben konnte – und es doch zugleich höchst beschämend fand, nicht zuletzt, da er zu diesen Kleidern noch immer einen Keuschheitsgürtel trug, dessen Schlüssel deutlich sichtbar am Hals Evas baumelte. Er musste den Gedanken gewaltsam verscheuchen und sich an Anderes konzentrieren, und da bewegte er sich plötzlich wie im Rausch, wie in einem Traum, einer ganz anderen, bisher unbekannten Form von Wirklichkeit – einer Wirklichkeit gänzlich neuartiger Gefühle und Düfte –, aus der er zweifellos im nächsten Augenblick aufwachen würde, um in seine *eigentliche*, die *wirkliche* Wirklichkeit zurückzukehren. Und so peinlich es wäre, wenn ihn jemand aus dieser eigentlichen Realität so sehen würde, so ‚traumhaft' war diese andere Realität: das Gepflegtsein, die Schönheit der Stoffe, die Sorgfalt und Aufmerksamkeit, die sie den Farben und Stoffen gewidmet hatten, zu der sogar die Musik passte: Peter Tschaikowskys „Schwanensee", konzertante Aufführung, also nicht als Ballett – Tütüs wären in Maries Traum jetzt aber auch zu viel gewesen!

In der Pause spazierten sie auf ihren Highheels so entspannt es ging durch die Gänge und Säle des Konzerthauses, dabei korrigierte Eva dezent Maries Haltung, ihre Art, die Füße zu setzen oder das Sektglas an die geschminkten Lippen zu führen. Schließlich ging es, nachdem sie schon zum zweitenmal von zweifellos bewundernden Männern angesprochen worden waren, sogar darum, wie frau einem Mann die Hand gibt – „nicht mit der ganzen Pranke, sondern zart, nur mit den Fingern", wie Eva betonte, „und den kultivierten Herrn kannst du daran erkennen, dass er dir die Finger nicht zerdrückt, und schon gar nicht, wenn du Ringe trägst, was äußerst schmerzhaft sein kann. Dieser da", sie bemühte sich, nicht zu jenem zweiten Herrn zurückzusehen, dessen Augen sie noch immer festzuhalten suchten, „hat es genau richtig gemacht. Sehr *gentlemanlike*! Der weiß, wie man sich einer Dame gegenüber benimmt."

Nach der Pause hörten sie Prokofjews „Romeo und Julia", wiederum konzertant. Und nun hatte sich die Aufregung bei Marie so sehr gelegt, dass sie sich selbst beobachten und zurückhaltend mit dem zu spielen beginnen konnte, was sie gerade umgab, was sie trug und darstellte. Sie setzte die Beine züchtig dicht nebeneinander, so dass sich die Knie berührten (und fand heraus, dass es erregend war, in dieser Position die Oberschenkel zusammenzukneifen, als wenn sie Druck auf der Blase verspürte, selbst wenn der CB 6000 wirksam verhinderte, dass die Erregung über ein anfängliches Maß hinaus ging). Sie schlug die Beine übereinander und war fasziniert von den langen, schlanken Beinen in den schwarzen Nylonstrümpfen (und bemerkte sogar, dass bei dieser Bewegung die Gefahr bestand, dass der Spitzenbesatz der Stayups unter dem Saum des Etuikleids sichtbar wurde; für ein paar Sekunden verharrte sie in dieser Position und genoss ein wenig Erregung angesichts der vollkommen irritierenden Vorstellung, dass einer ihrer männlichen Nachbarn ebenfalls den Spitzenbesatz erspäht haben könnte). Sie legte ihre Hände in den Schoß und betrachtete die perfekt manikürten, verführerischen falschen Fingernägel und die beiden Ringe, die sie an den wunderbar gepflegten Händen trug, bewegte leicht die Finger und musste wieder denken, wie ‚pervers' im wahren Wortsinn dies tatsächlich war, aber auch: wie geil! (Auch wenn dieses Wort selbstverständlich nicht zu ihrer kultivierten Erscheinung passte, aber das machte es nur noch erregender!) Sie legte ihre Unterarme auf die Armlehnen und ließ die Hände baumeln in der Vorstellung, dass irgendwer auf diese aufmerksam werden könnte und sich dazu, weil er sich in der Reihe der Konzertstühle nicht nach vorn beugen und Marie anstarren konnte, eine wunderschöne Frau imaginierte – jedenfalls hatte Alex das häufig so gemacht.

Und so bekam Marie fast nichts von der Musik mit – noch weniger, als sie schließlich an den morgigen Tag denken musste und daran, was ihr dort bevorstand: ein Arbeitstag als Sekretärin in einer Rechtsanwaltskanzlei, angestellt von dem gutaussehenden, aber nur schwer einschätzbaren Paul – der offenbar nicht wusste, was seiner Frau Edith so offensichtlich zu sein schien – und mit einem Gehalt, dessen Höhe schon fast unmoralisch war und sich sehr danach anhörte, als wenn es bei diesem Job nicht allein um Steno und Schreibmaschine-Schreiben ginge.

Als der Schlussakkord erklungen, der Beifall verebbt und auch eine Zugabe zu Ende gegangen war, ließen sie sich an der Garderobe ihre Mäntel geben und fuhren nach Hause. Marie war noch immer nervös, aber selbst sie bekam mit, dass in Evas Vorstellung der Tag noch nicht zu Ende war. Und tatsächlich: Sie hatten kaum das Haus betreten, da schleuderte Eva ihre hochhackigen Schuhe von sich, riss noch an der Garderobe Marie Mantel und Jäckchen von den Schultern und zerrte sie in Richtung Wohnzimmer.

„Du trägst wieder das Kleine Schwarze", verkündete sie unterwegs, „wie am Montag, deinem ‚Geburtstag' und unserer Verlobung! Die ganze Zeit hat mich das schon angemacht, ich konnte an nichts anderes denken als an meine kleine Marie, die mir zu Füßen kniet."

Sie drängte Marie ins Wohnzimmer, drückte sie auf das Sofa, holte aus der Küche die angebrochene Flasche Sekt, schenkte großzügig ein und brachte einen Trinkspruch aus: „Auf die reizende Marie! Möge sie die Männerwelt in Aufruhr versetzen und auch sonst viel Spaß haben und vor allem: schenken!" Damit stieß sie mit der überraschten, aber lächelnden Marie an und leerte ihr Glas in einem Zug.

Und nachdem sie den Schlüssel von ihrer Halskette genommen und Maries angeborenes Sexspielzeug befreit und erfolgreich aktiviert hatte, folgte wiederum eine berauschende Nacht – für Marie allerdings mit deutlicher Verzögerung, denn der Schlüssel blieb ziemlich lange ungenutzt und die Wünsche, die Marie zu erfüllen hatte, waren an diesem Abend vielfältiger und ausgefallener, als sie es noch am Montag gewesen waren. Und noch ehe Alex die aufgrund des im Schloss steckenden Schlüssels wiedererlangte Freiheit vollständig ausgekostet hatte, war sie auch schon wieder vorüber.

## Der erste Arbeitstag

Als der Freitag-Morgen heraufdämmerte und Maries Wecker klingelte, erhob sich auch Eva von ihrer Betthälfte. Und wie Marie, tauschte auch sie ihr kurzes Nachthemd gegen Sport-BH, Tanktop, Leggins und weiße Sportsocken. ‚Zur Feier des Tages' wollte sie ausnahmsweise an Maries Fitness-Training teilnehmen. So breitete sie nun ihre Matte vor dem Fernseher neben derjenigen Maries aus, die sie ihr extra aus der Stadt mitgebracht hatte, und ließ sich mit der größten Selbstverständlichkeit und ganz ohne Kommentare auf die martialischen Übungen ein, die die DVD-Blondine mit dem immergleichen Lächeln vorgab.

Alex hatte bisher nur geringe Fortschritte gemacht, was nicht zuletzt daran gelegen haben mochte, dass er die Sache eher halbherzig betrieben und die mangelnden Kontrollmöglichkeiten durch Eva ausgenutzt hatte, um es ‚langsam gehen zu lassen'. Doch als er nun sah, dass Eva *mit Leichtigkeit* bei den Übungen sehr viel weiter kam als er, der sie nun schon einige Tage lang machte, strengte er sich mehr an. Ihren Fitness-Vorsprung fand er beschämend und das Wort vom ‚Weichei' hatte ihn tiefer getroffen, als er selbst es gedacht hätte.

Das hatte zur Folge, dass sein Körper *sehr* gut durchblutet war, als er unter der Dusche hervorkam. Am ganzen Körper frisch rasiert und eingecremt, saß Marie in nagelneuen, blütenweißen Spitzen-Dessous und hautfarbenen Stayups mit schmalem, mit Blumenmustern besticktem Rand auf dem Hocker vor dem Spiegel, um von Eva dem Anlass entsprechend professionell geschminkt zu werden.

Eva brauchte länger als die Stylistin am Vortag, aber als sie schließlich fertig war, war von den vielen Schichten Puder, Creme und Farbe, die sie aufgetragen hatte, auf den ersten Blick nicht viel zu sehen. Sicher, der Lidstrich war für das geschulte Auge unübersehbar, Maries Haut war glatt wie der berühmte Babypopo, die Augenbrauen waren fast unnatürlich regelmäßig, die Wimpern waren tiefschwarz getuscht, bei näherem Hinsehen erkannte man auch Rouge an den Wangenknochen und Farbe auf den Augenlidern, die sich an jenen Farben orientierten, die die Stylistin am Vortag aufgetragen hatte. Auch der Glanz auf den fruchtig roten Lippen war von einem geschulten Blick unschwer als das Resultat von Lipgloss zu erkennen. Aber ansonsten machte Maries Gesicht einen fast natürlichen Eindruck – wenn man einmal von der Tatsache absah, dass es schlanker wirkte als im ungeschminkten Zustand, die Wangenknochen mehr betont waren, die Augen intensiver wirkten und das Haar das Oval des Gesichts in geradezu verführerischer Weise hervorhob. Instinktiv musste sie lächeln, und war selbst hingerissen, als Alex die schüchterne Marie mit dem leicht slavisch wirkenden Gesicht vor sich ebenfalls lächeln sah – etwas schüchtern allerdings oder besser: nervös, denn unverkennbar stieg in ihr eine Nervosität auf, die fast schon als Angst zu bezeichnen war.

Im Schlafzimmer legte Eva ihr das Korsett an, und dabei bemerkte sie, dass Marie leicht zitterte. Sie lächelte, sagte aber nichts. Als sie es so fest geschnürt hatte, dass Marie nur noch flach atmen konnte, war der Taillenumfang gering genug, damit die am Vortag gekauften Blusen und Röcke perfekte Rundungen umspielten. Eva reichte ihr eine eng taillierte, weiße Bluse, die den ‚Busen' gut zur Geltung brachte, und anschließend einen dunkelblauen Rock, den Marie über ihre Beine zog und dabei spürte, wie der edle, glatte Futterstoff trotz der Knappheit des Schnitts des Rocks glatt über das Nylon der Strümpfe glitt. Alles saß perfekt, als Eva am Rücken Knopf und Reißverschluss schloss.

Von nun an sollte Marie jeden Schritt spüren. Der untere Saum des Rocks saß so eng an den Oberschenkeln, dass er immer ganz leicht spannte.

Da sie durch das Korsett in ihrer Bewegungsfreiheit spürbar eingeschränkt war, half Eva ihr bei den Schuhen: sie stellte die schwarzen Pumps so vor sie hin, dass sie einfach in sie hineinschlüpfen konnte. Marie drückte ihre Fersen hinein, trat einmal kräftig auf und fühlte, wie gut sich die Schuhe an ihre Füße anpassten. Die ‚nur' 8 Zentimeter hohen Absätze waren für sie inzwischen kein Problem mehr, wirkten eher wie eine Erleichterung gegenüber den gewohnten 10 oder mehr Zentimetern, auf denen sie in den vergangenen Tagen ununterbrochen herumgelaufen war.

Eva reichte ihr das Jackett. Sie schlüpfte hinein, schloss den Knopf und sah in den Spiegel. Auch das Jackett war stark tailliert, und das sah man! So hätte sich in der Tat auch Alex eine Sekretärin vorgestellt, auch wenn der Rock für Maries Geschmack ein paar Zentimeter hätte länger sein dürfen. Frisur und Makeup passten hervorragend – aber als ihr Blick auf die glitzernden Ohrstecker fiel, wurde ihr wiederum unbehaglich. Sofort spürte sie wieder die Nervosität in ihrem ganzen Körper. Diese Ohrstecker – das erschien ihr doch als ein wenig *too much*, ein bisschen zu weiblich, vielleicht.

„Was willst du?", wandte Eva ein, „*zu viel* geht gar nicht. Je mehr Weiblichkeit, desto weniger wird jemand auf den Gedanken kommen, dass du gar kein Weibchen bist. Und wenn jemand dahinterkommt, dann ist es sowieso egal, denn ob mit oder ohne Ohrstecker: dann bist du dran!"

Sie lachte amüsiert auf.

„Aber mach dir keine Sorgen, meine Liebe! Wenn du nicht auf die Männertoilette gehst und ins Urinal pinkelst, und wenn du niemanden an deinem Busen herumfummeln oder in dein Seidenhöschen greifen lässt, kann gar nichts schiefgehen!"

‚Und wenn einer hineingreift, bin ich sowieso fest verschlossen', dachte Marie frustriert, während er sich anschickte, sich auf den Weg zu machen.

Um viertel vor Zehn parkte Marie Alex' kleines, frisch gewaschenes Auto in der Tiefgarage, die Paul Eva genannt hatte. Eva hatte ihr noch eine Sonnenbrille ins Haar gesteckt, eine zierliche Kette um den Hals gelegt und ihr ihre schmale Armbanduhr gereicht. Auch einen Ring hatte sie ihr an den Ringfinger gesteckt, an dem gewöhnlich Alex' Ehering seinen Platz hatte. Dann hatte sie ihr ihre Handtasche gegeben und sie darauf hingewiesen, dass sie von nun an immer ihren Hausschlüssel mitnehmen müsse, den heute ausnahmsweise sie, Eva, in die Handtasche getan habe (Marie bemerkte erst sehr viel später, dass Eva das männlich wirkende Schlüsselbund durch eine zierliche, rote, lederne Schlüsseltasche ersetzt und am Ring außerdem einen Schlüsselanhänger in Form eines rosafarbenen Herzen mit Glitzer angebracht hatte). Und schließlich müsse sie auch immer darauf achten, dass sie Tampons dabei habe, wenn sie einen ganzen Tag unterwegs sei.

Marie war rot geworden bei der Vorstellung, dass sie nun mit Tampons in der Handtasche herumlief, denn auch dafür hatte Eva gesorgt.

Sie betrat das vornehme Bürogebäude, einen Jugendstil-Altbau, in deren Treppenhaus ein roter Läufer die Stufen der hölzernen Treppe hinaufführte. Ihre Absätze machten auf den bunten Steinplatten des Treppenhaus-Erdgeschosses ein unverkennbares Geräusch, so dass Marie instinktiv leiser aufzutreten versuchte, zugleich aber von diesem Geräusch auch wieder fasziniert war. Alex hätte sich danach zweifellos umgedreht und der heißen Frau in dem knapp sitzenden Kostüm auf ihren Hintern gestarrt ...

Während das einsame Geräusch der Absätze durch das Treppenhaus hallte, wurde Marie schlagartig klar, dass sie zum ersten Mal allein in der Öffentlichkeit unterwegs war. Plötzlich überfiel sie der Gedanke an Flucht – das wäre die Möglichkeit, aus dieser Situation herauszukommen. Sich einfach wieder ins Auto setzen, das keine 30 Meter von ihr entfernt nur auf sie wartete; zu jemandem fahren, dem sie sich anvertrauen, der ihr helfen konnte; und in ein Leben als Mann zurückkehren, wenn auch ohne Eva. Denn das würde sie ihr wahrscheinlich nicht verzeihen, sie hatte es deutlich genug zum Ausdruck gebracht. Aber er hätte heraus gekonnt aus den Nylonstrümpfen, den Röcken und Blusen, nicht zuletzt dem vermaledeiten Keuschheitsgürtel. Keine Ohrringe mehr, kein Lidstrich und vor allem kein Lippenstift mehr mit all dem, was daran hing – der Demütigung, wenn er den Lippenstift an seinem Trinkglas sah oder sich vor einem Spiegel nachschminken musste und sich dabei selbst ins Gesicht sehen musste!

Er blieb vor dem altertümlichen, gusseisernen Aufzug stehen, drückte mechanisch auf den Knopf, der ihn ins Erdgeschoss herunter holen würde.

Er hatte es in der Hand. *Jetzt*. Er konnte sich umdrehen und einfach verschwinden. Weg aus diesem Alptraum.

Aber wohin? Wer würde ihm helfen? Einer seiner Baseball-Kollegen? Der würde sich erst einmal kranklachen – und dann wäre er für ihn ebenfalls ein Weichei. Sein bester Freund? Der wohnte 600 Kilometer entfernt – das wäre vielleicht sogar gut so. Aber da würde Eva ihn wahrscheinlich sofort vermuten. Einer seiner Kollegen? Das waren eben Kollegen, keine Freunde – oder doch? Sie waren intelligent …

Der Aufzug hielt. Zögerlich öffnete Alex die Tür, ging in die Kabine, schloss sie hinter sich wieder. Er stand da, hielt den Finger über den Knöpfen. Der Gedanke war nicht schlecht. Der einzig vernünftige seit langer Zeit. Es war *komplett verrückt*, was er, Alex, hier tat, geradezu *selbstmörderisch*! Er setzte sich willentlich und nur, weil Eva es so wollte, der Lächerlichkeit und einer äußerst peinlichen Situation aus, und es war zweifellos nur eine Frage der Zeit – eine Frage *kurzer Zeit*! –, bis eine der in der Kanzlei arbeitenden Frauen hinter sein Geheimnis kam! Frauen hatten schließlich einen Blick dafür! Und was würde dann geschehen? Die Frauen mussten es zweifellos als Affront auffassen, in jedem Fall als verabscheuungswürdige Perversion, vielleicht sogar als böswillige Verspottung der Frauen.

Wie hätte er ihnen auch erklären sollen, dass er nicht freiwillig diese Kleider trug! Er hatte keine Ahnung, wie eine Frau reagierte, wenn sie herausfand, dass ein Mann Frauenkleider anzog und sogar glitzernde Ohrstecker und Tampons mit sich herum trug. Das ging deutlich über eine lustige Verkleidung hinaus! Und was würden erst die Männer sagen und vor allem: tun? Mussten sie das nicht als eine unmissverständliche Aufforderung ansehen? Ein Mann in Frauenkleidern galt zwangsläufig als eine Tunte, ein Sissyboy, als einer, der sich gern erniedrigen will – schlimmer noch: der gedemütigt werden, wie eine Frau behandelt und der, vor allem!, *genommen* werden will wie eine Nutte! Einer, der an nichts anderes als an Sex, und vor allem: an den Ständer eines starken Mannes dachte, der in eines seiner Löcher eindrang und dort abspritzte. War das nicht geradezu eine Aufforderung zur Vergewaltigung? War das nicht, als hätte er ein Schild um den Hals hängen: ‚Nimm mich hart!' Und ihnen würde er noch weniger erklären können, dass er das nicht *freiwillig* tat, was er hier tat – denn immerhin tat er es bis zur vollkommenen Selbsterniedrigung! Wie sollte das einer verstehen: Als Mann – wenn man nicht lieber eine Frau sein wollte – trat man doch nicht in Frauenkleidern, frisiert und geschminkt die Stelle einer Sekretärin an – unter gar keinen Umständen! Dafür konnte es *keine Entschuldigung* geben!

Mit einem Ruck setzte sich der Aufzug in Bewegung. Alex hatte keinen der Knöpfe berührt, offenbar hatte das jemand anderes getan. Nun fuhr der Aufzug nach oben.

Was also? Abhauen? Einfach wieder hinunter fahren, sich ins Auto setzen und wenigstens nach Hause fahren, um der Peinlichkeit dieser Situation zu entgehen?

Er hatte schon zögernd den Finger über dem Knopf, der den Aufzug anhalten und wieder ins Erdgeschoss hinunter fahren lassen würde. Da hielt er im dritten Stock und die Aufzugtür wurde von außen geöffnet. Da stand Paul und streckte Marie offensichtlich hocherfreut die Hand entgegen.

„Willkommen!", sagte er, „wie schön, dass du da bist!"

Marie überwand schnell ihren Schreck, trat aus dem Aufzug und gab Paul die Hand. „Hallo". sagte sie, „wie ... hast du ...?"

„Ich dachte, du wüsstest vielleicht nicht, in welches Stockwerk du fahren musst. Daher habe ich einfach hier oben den Knopf gedrückt."

„Und woher wusstest du, dass ich da unten stand?"

„Wir haben im ganzen Haus eine Videoüberwachung, da konnte ich sehen, wie du das Haus betreten hast."

„Ach ..." Dann hatte er also zweifellos alles beobachten können, Maries Zögern, wie sie beinahe umgekehrt und geflohen wäre! Wie peinlich! Das ging ja gut los ...

„Ja, du müsstest unten auch ein Schild gesehen haben. Aber vielleicht ist es auch mal wieder geklaut worden." Paul lachte. „Das passiert alle naselang. Komm herein!"

Damit ging er voraus und führte Marie in den Eingangsbereich der Kanzlei. Dort stand auf einem wunderschönen Parkettboden ein stilvoller, großer Tisch, eine echte Antiquität, mit einem eleganten Bildschirm und passender Tastatur darauf, einem Telefon, aber auffällig wenig Büroutensilien.

Paul blieb an dem Tisch stehen und breitete die Arme aus. „Willkommen in unserem kleinen Reich!"

Aus zwei Zimmern an einem längeren Flur, an dem in regelmäßigen Abständen altertümliche Holztüren in die angrenzenden Räume führten, kamen zwei Herren in dunklen Nadelstreifen-Anzügen, vom Typ her Paul ähnlich, unverkennbar Juristen oder Geschäftsleute in leitender Funktion.

„Das sind meine Partner!" Er nannte die Namen. Sie gaben Marie höflich die Hand, der eine deutete gar eine Verbeugung an, und bekundeten dann beide, wie froh sie seien, dass Marie da war.

Marie sah sich suchend um und wollte sich dann mit einer Frage an Paul wenden. Der kam ihr zuvor.

„Wo unsere Sekretärinnen und sonstigen Mitarbeiter sind?" Marie nickte. „Das ist ja unser Problem, aus dem du uns retten sollst: wir haben keine! Unsere Chefsekretärin hatte in der vergangenen Woche einen Unfall und wird für mehrere Wochen, wenn nicht länger, ausfallen. Und die Auszubildende, die ihr geholfen hat, hat im Augenblick Urlaub und wir können sie nicht erreichen, um sie zurückzubeordern. Unter uns gesagt, hat sie wahrscheinlich weniger Ahnung von ihrem Job als du." Paul lachte wieder. „Sie ist noch ziemlich neu bei uns."

Marie wusste nicht, ob sie lachen oder weinen sollte. War das nun gut oder schlecht für sie, dass sie ganz allein sein, von keiner Frau beobachtet werden würde?

„Aber irgendwer muss mich doch einarbeiten", wandte sie unsicher ein.

„Das werde ich übernehmen", versuchte Paul sie zu beruhigen. „Unsere Chefsekretärin, eine äußerst fähige

Frau, hat ein sehr effizientes System, nach dem sie alles organisiert hat, da wirst du dich schnell hineinfinden. Und ehrlich gesagt sind wir im Augenblick ja für *jede* Hilfe dankbar! Du kannst also wirklich gar keine Fehler machen! Und unseren Kaffee kochen wir uns sowieso selbst."

Wieder lachten die drei.

Und schon ging es los. Paul führte Marie durch die Räume. Die Chefsekretärin hatte ein eigenes Büro, in dem auch die entsprechenden Büroschränke standen. Hinzu kam ein kleinerer Raum, in dem die Auszubildende ihren Schreibtisch stehen hatte. Der Tisch im Eingangsbereich war nur der Empfang, an dem eine der ‚Damen' saß, so lange Publikumsverkehr war, wie Paul erklärte.

„Du sitzt selbstverständlich am Platz der Chefsekretärin, denn du musst ja den Überblick über alles haben und auch die Telefonanrufe kommen hier an."

Die gesamte Kanzlei hatte Parkettboden. Maries Absätze hämmerten geradezu in ihn hinein, aber wenn sie sich zwischen den Räumen bewegen wollte, musste sie das in Kauf nehmen. Die Türen der Kanzleiräume waren alle von innen gepolstert, so dass sie hoffte, dass dahinter das Geräusch nicht zu hören sein würde. Aber sie fand schnell heraus, dass, wenn kein Publikumsverkehr war, die Anwälte ihre Türen gern auch einmal offenstehen ließen.

Bei jedem Schritt und selbst, wenn sie saß, fühlte sie die knapp sitzende, figurbetonende Kleidung – vor allem natürlich das Korsett, an das sie sich bisher nur ungenügend gewöhnt hatte, das sie sehr beengte und das ihr zudem eine ungewohnt aufrechte Haltung abverlangte. Nachdem sie sich ein wenig beruhigt und damit begonnen hatte, ihre Arbeit zu machen, fing sie sogar an, das Gefühl zu genießen, welches ihr die Kleidung vermittelte. Irritiert stellte sie fest, dass es erregend war. Selbst mit dem CB 6000 im Höschen spürte Marie es im Schritt kribbeln, ein Kribbeln, das sich mit der Zeit über den ganzen Unterleib verteilte und sie leicht zittern ließ. Und wieder glitt sie in soetwas wie einen Traum ab. Was sie hier umgab, *konnte* nicht echt sein – all diese Gefühle, diese vollkommen veränderte Welt, das konnte nicht die ‚ganz normale Realität' sein! Sie sah auf ihre Hände hinab, die auf der Tastatur vor ihr lagen: auf die professionell manikürten Fingernägel, die ganz zweifellos einer attraktiven Frau gehören mussten. Die Länge der Fingernägel zwangen den Händen beim Tippen eine andere, gezierte Haltung auf, damit sie überhaupt die Tasten bedienen konnte. Sie sah die Ringe an den Fingern und die Damen-Armbanduhr am Handgelenk ... und unter dem Tisch den Saum des eleganten Rocks und die hautfarbenen, wie ihr schien duftenden Nylonstrümpfe an den perfekt rasierten, makellosen, überraschend schlanken Beinen.

Und dann bemerkte sie, wie sie auf die Herren der Kanzlei wirkte. Sie behandelten sie ausnehmend höflich und zuvorkommend, machten ihr Komplimente, waren sehr aufmerksam, bedankten sich für jedes einzelne Stück Papier, das sie ihnen brachte – und ließen immer dann, wenn sie sich unbeobachtet fühlten, ihre Blicke über Maries langen Beine gleiten. Und wahrscheinlich auch über ihren Po. Marie spürte ein leises Knistern in der Atmosphäre. Sie brauchte einige Zeit, bis sie offen genug war, um es zu empfinden, aber dann war es unverkennbar. In den Augen der Herren war sie ganz offensichtlich eine attraktive Frau, die man gern ansah und die darüber hinaus eindeutige Wünsche weckte. Und mehr: Begehren. Und wenn Begehren im Spiel war, das wusste Alex nur zu gut, dann war aus der Sicht des Mannes das Ende der Geschichte offen – dann konnte *Alles* passieren, waren auch moralische Skrupel sehr schnell außer Kraft gesetzt. Und in den Augen von Paul war Marie, wie ihr jetzt klar wurde, sogar frei und ungebunden ... die Arme litt unter dem Ende einer unglücklich verlaufenen Beziehung; aus der Sicht des Mannes war sie Freiwild, musste getröstet werden ...

Sie hatte schnell heraus, wie die Arbeitsabläufe waren. Telefonate entgegennehmen – der Terminkalender war hervorragend geführt –, die Post annehmen, auf Band gesprochene Texte abtippen und in Geschäftsbriefe verwandeln, die Adresskartei führen, bearbeitete Akten in Ablage oder Archiv überführen und so weiter. Am Nachmittag sollten die ersten Klienten kommen, die Marie empfangen und gegebenenfalls im Wartezimmer platzieren musste. Auch hier würde sie die Blicke spüren. Manchmal gieriger, manchmal zurückhaltender, aber es wurde *immer* geschaut! Das hätte Alex schließlich auch getan, dachte Marie immer wieder, wenn er eine attraktive Frau gesehen hätte, die so aufreizend auf ihren Stilettos herumstöckelte, dass man um das schöne Parkett fürchten musste. Und jedesmal, wenn sich diese ‚attraktive Frau' an den Empfangstisch setzte, war es ein Spiel, ob ein Blick unter ihren kurzen Rock möglich würde. Allerdings war der Rock so eng, dass Marie geradezu gezwungen war, die Oberschenkel immer dicht zusammen zu halten, so dass das feine Nylon an den Schenkeln rieb ...

Zum Mittagessen lud Paul Marie ein. Spontan hätte sie sich lieber allein erholt, aber noch hatten sie sich gar nicht richtig unterhalten, sie hatte auch noch keinen Arbeitsvertrag unterschrieben und die Bedingungen des Vertrags waren auch noch nicht zu Ende besprochen, wie Marie annahm. Also ließ sie sich von Paul in ein nahegelegenes Steakhouse führen, wo ihr neuer Chef sich als vollkommener Gentleman entpuppte – Marie brauchte sich um nichts zu kümmern, er las ihr jeden Wunsch von den noch im Büro sorgfältig nachgeschminkten Lippen ab und bemühte sich, ein guter Gesellschafter zu sein.

In Wirklichkeit gab es praktisch nichts mehr zu verhandeln. Eva hatte das bereits erledigt, der Vertrag, dessen für Marie höchst angenehme Bedingungen Paul kurz umriss, lag im Büro bereit und konnte unterzeichnet werden. Bei einem einzigen Umstand merkte Marie auf: Es sollte keine festgelegten Arbeitszeiten geben. Marie sollte um 9 Uhr beginnen und dann musste gearbeitet werden, bis alles fertig war. Eine Zeitschaltuhr würde die Arbeitszeit zählen, aber Marie hatte keinen Anspruch auf eine 35-Stunden-Woche, und selbst am Wochenende musste sie erreichbar sein. Das brachte eine Rechtsanwalts-Kanzlei, die sich schwerpunktmäßig mit Strafrecht beschäftigte, unabdingbar mit sich, erklärte Paul. Allerdings fühlte sich Marie überhaupt nicht in der Lage, ihre verbrieften Rechte als Arbeitnehmerin einzufordern und Bedingungen für ihre Mitarbeit in der Kanzlei zu stellen. Ohnehin konnte sie noch immer nicht daran glauben, dass diese bizarre Geschichte länger als zwei oder drei Tage dauern würde. Entsprechend war ihre einzige Sorge nicht die, ob die Bedingungen des Vertrags mit dem Arbeitsrecht vereinbar waren, sondern ob eine Unterschrift mit falschem Namen eigentlich rechtsbindend war und ob sie sich des Betrugs schuldig machte, wenn sie diesen Vertrag unterschrieb.

Also unterhielten sie sich nicht weiter über Organisatorisches und Rechtliches, sondern stattdessen über alles Mögliche. Paul versuchte herauszufinden, wofür Marie sich interessierte, was ihr Freude machte, und blieb bei diesen Themen. Einerseits war das für Marie ziemlich anstrengend, denn sie hatte sich noch gar nicht überlegt, wofür sie sich eigentlich interessierte, und so rutschte ihr so manches heraus, das sie unbedacht sagte, über das sich Paul andererseits zu freuen schien, denn es waren nicht die typischen Frauenthemen und es fiel ihm leicht, sich darüber zu unterhalten.

Irgendwann entspannte sich Marie ein wenig. Sie hatte den Eindruck, dass ‚es lief'. Sie entsprach vielleicht nicht dem Klischee von Frau, das Paul möglicherweise im Kopf hatte und das man vielleicht normalerweise mit einem solchen Sekretärinnen-Look verband, in dem Marie steckte. Aber die Art ihres Kennenlernens, das Wissen beispielsweise um ihre angebliche Vorgeschichte im Museum, schuf einen gewissen Freiraum, innerhalb dessen Marie sich Einiges leisten konnte. Selbst ihre Leidenschaft für das Motorradfahren, die sie unbedacht preisgab, schien Paul eher positiv für sie einzunehmen. Wie sollte das auch anders sein, schließlich war es immer ein Vergnügen für einen männlichen Motorradfahrer, sich eine attraktive Motorradfahrerin im engen Lederoutfit vorzustellen. Und wenn sie dann auch noch sportlich fahren konnte …

Und irgendwann, während sie beide wieder einmal amüsiert über eine Bemerkung lachten, fiel ihr auf, dass sie über ein Einstellungsgespräch inzwischen weit hinaus waren und sich stattdessen mitten in einem veritablen Flirt befanden. Paul sparte nicht mit Komplimenten, und Marie erschrak fast, als sie feststellte, dass sie diese Art der Anmache durchaus genoss.

**Pizza**

„Hier also der Vertrag. Wenn du ihn eben unterschreiben willst. Oder möchtest du ihn noch mit nach Hause nehmen, um über's Wochenende darüber zu schlafen?"

Marie hatte den Stift schon in der Hand. Aber plötzlich erschien Pauls Vorschlag sehr vernünftig. Wer konnte schon wissen, was sich über das Wochenende entwickeln würde und ob er am darauffolgenden Montag noch immer Rock und Seidenstrümpfe würde tragen müssen. Vielleicht war der Spuk dann endlich wieder vorbei und er war in sein normales Leben zurückgekehrt. Also ging Marie darauf ein.

Offensichtlich wollte Paul aber noch etwas klarstellen. „Ich habe den Vertrag, wie du hier siehst, nicht für eine ‚Sekretärin' ausfertigen lassen. Stattdessen wirst du, wenn du einverstanden bist, als meine persönliche Assistentin eingestellt. Als solche wirst du einerseits besser bezahlt – und ich muss das Gehalt, das Eva mir abgepresst hat" – Paul grinste breit, aber Marie war sich nicht sicher, ob sie sich täuschte oder ob sie tatsächlich einen seltsamen Unterton in diesen Worten hörte – „gegenüber meinen Kollegen rechtfertigen können, andererseits ist nur so die Sache mit den Arbeitszeiten gegenüber der Gewerkschaft zu rechtfertigen. Schließlich werden wir hin und wieder auch am Wochenende arbeiten müssen, wenn Gerichtstermine beispielsweise kurzfristig am Montag angesetzt werden oder Mandanten am Wochenende in die Bredouille geraten. Übrigens wäre es gut, wenn du hier ein paar Sachen deponieren würdest, falls wir mal die Nacht durcharbeiten oder du aus anderen Gründen nicht dazu kommst, nach Hause zu fahren."

Marie tat so, als würde sie konzentriert den Text des Vertrags studieren, um Paul bei diesen Worten nicht in die Augen sehen zu müssen. Sie wusste nicht, was sie in diese Worte hineininterpretieren musste.

„Wir haben hinten einen Raum, darin stehen eine Liege und ein paar Schränke, die wir als Spinde benutzen. Da kannst du deine Sachen deponieren und dich bei Bedarf auch ein wenig ausruhen."

Marie nickte. Sie waren vom Steakhouse in die Kanzlei zurückgekehrt und in ein paar Minuten würden die Sprechzeiten der Anwälte beginnen.

„Ich würde mich gern noch ein bisschen frisch machen. Der Terminkalender für den Nachmittag ist voll, ich hoffe, dass ich alles richtig machen werde."

Paul legte ihr eine Hand auf ihre Hände, die sie vor ihrem Bauch zusammengelegt hatte. „Das wirst du ganz zweifellos! Ich glaube, du bist für diesen Job wie geschaffen. Und wenn du dir unsicher bist, dann frag! Wenn wir in einem Mandantengespräch nicht gestört werden wollen, liegt, wenn du unsere Zimmer verlässt, eine rote Mappe auf dem Beistelltisch neben der Tür. Das ist sozusagen unser Geheimzeichen."

„Und sonst darf ich immer hereinkommen?"

„Ja, immer. Wenn etwas Unvorhergesehenes geschieht, rufen wir dich an und geben dir Bescheid."

Marie nickte wieder. „Okay, Paul. Danke für das Essen!"

Paul neigte leicht den Kopf. „Es war mir ein Vergnügen!" Und dies hörte sich nicht nach einer Höflichkeitsfloskel an.

Dann nahm Marie den Vertrag – stellte fest, dass sie

keine Arbeitstasche hatte – und zog sich zurück, um im Toilettenraum tief durchzuatmen, einen Augenblick allein zu sein und dann ihr Makeup zu überprüfen und auszubessern. Als sie nach 10 Minuten den Raum wieder verließ, sagte sie zu sich selbst: „Okay. Showtime. Auf zum zweiten Akt!"

Denn eigentlich war sie erstaunlich zufrieden mit sich. Oder vielleicht auch einfach erleichtert angesichts der Tatsache, dass ihr Geheimnis bis jetzt ganz offensichtlich sicher gewesen war und dass ihre Nervosität inzwischen deutlich nachgelassen hatte. Bisher schien niemand auch nur den Anflug eines Verdachts gehabt zu haben. Nur eins verunsicherte sie nachhaltig: dass sie Paul und die Situationen, die er immer wieder mit seinen scheinbar unbedacht-doppeldeutigen Bemerkungen schuf, nicht einschätzen konnte. *Wollte* er etwas von ihr? Sprach er tatsächlich doppeldeutig, oder meinte er alles, was er sagte, genau so, wie er es sagte – ganz ohne Hintersinn, ganz unschuldig-ehrlich?

Auch der Nachmittag verlief ohne Zwischenfälle. Aber niemals ließ die Aufregung, die an die Stelle der Nervosität getreten war, nach und immer wieder spürte sie dieses Kribbeln im Unterleib. Manchmal beengte sie sogar der vermaledeite CB 6000! Nicht selten reagierte sie mit Erregung auf irgendeine Situation oder auch nur ein Gefühl oder einen Anblick. Sich selbst beispielsweise durch den Spiegel huschen zu sehen, im eleganten Kostüm, mit den langen Beinen unter dem kurzen Rock und den schönen, hochhackigen Pumps – und vor allem: den eigenen Kopf mit dieser sexy Frisur, das Gesicht geschminkt wie das einer schönen, jungen Frau – das machte den Alex in ihm an, erschreckte ihn allerdings auch, und schließlich es ließ ihn den Keuschheitsgürtel verfluchen. Trotzdem flüchtete Marie immer wieder, wenn sie merkte, wie einer der Klienten im Wartezimmer sie musterte, das Kopfkino unweigerlich einsetzte und die männliche Fantasie sie auszuziehen begann. Damit konnte sie noch nicht souverän umgehen und konnte sich auch nicht vorstellen, dass sie das jemals tun würde.

Um 18 Uhr war die Sprechstunde zu Ende. Marie brachte das Büro und den Empfangstisch in den Zustand, den sie bei ihrem Eintreffen vorgefunden hatte, klopfte dann bei Paul und fragte ihn, ob sie Feierabend machen könne. Paul stand von seinem Schreibtisch auf, bedankte sich sehr freundlich bei ihr, gab seiner Hoffnung Ausdruck, dass sie am Montag mit dem unterschriebenen Vertrag zurückkehren würde, wünschte ihr ein schönes Wochenende und brachte sie bis zum Aufzug.

„Vielleicht habt ihr ja Lust, am Sonntag-Abend mit uns ins Kino zu gehen", sagte er plötzlich, während er ihr die Aufzugstür offen hielt. „Edith und ich wollten uns gern den neuen Film über Truman Capote anschauen – geht doch mit! Das wäre eine tolle Möglichkeit, wie wir uns alle vier besser kennenlernen könnten!"

Marie lächelte ihn aus dem Aufzug heraus an. „Ich frage Eva einmal. Ich weiß nicht, ob sie für den Sonntag-Abend schon Pläne hat. Gegebenenfalls melden wir uns dann bei euch!"

Paul nickte, schloss die Tür, rief „Bis dann!" und verschwand wieder in der Kanzlei.

Marie kramte aus ihrer Handtasche den Autoschlüssel

hervor, während sie vom Aufzug zum Auto ging. Die Absätze hämmerten wie gehabt auf den Betonboden, und Marie spürte, wie das Geräusch wiederum Erregung in ihr erzeugte. Wenn nur nicht der Keuschheitsgürtel gewesen wäre, dann hätte sie sich augenblicklich befriedigt. Im Lauf des Tages hatte sich ein solcher Druck in ihrem Unterleib angesammelt, dass sie kaum mehr geradeaus denken konnte. Aber es irritierte sie auch: Diese demütigende Situation *erregte* ihn, Alex? Dass er Rock und Seidenstrümpfe und BH und Makeup und eine Handtasche mit Tampons darin trug, machte ihn an? Er war bekennender Macho, keine Transe und schon gar nicht schwul! Aber es rumorte unverkennbar in dem Spitzenhöschen, das er trug, und er wünschte sich nichts mehr, als den Keuschheitsgürtel loszuwerden und sich befriedigen zu können! Nichts stimmte hier, nichts passte zusammen. Sein ganzes Leben war durcheinander geraten. Er brauchte dringend eine Entspannung, damit er seine Welt wieder in Ordnung bringen konnte. Allerdings war ihm jetzt nicht nach einer Kneipe, wie er es früher, als Mann, des Öfteren getan hatte. In diesem Aufzug in eine Kneipe? Mit geschminkten Lippen ein Bier trinken? Von irgendwelchen Machos angebaggert werden?

Er fuhr mit dem kleinen Wagen nach Hause, parkte auf der Straße vor dem Haus – in die Garage passte nur einer ihrer beiden Wagen – und öffnete mit dem Hausschlüssel die Tür.

Aus dem Wohnzimmer schallte ihm laute Musik entgegen. Eva war also schon da, aber dass sie an ihrem Feierabend so laut Rockmusik hörte, war Alex neu. Das hatte sie noch nie getan, jedenfalls nicht, wenn er zu Hause war.

Zugleich war er enttäuscht. Marie hätte gern erzählt, was sie erlebt – wie sie sich geschlagen, die Situation gemeistert hatte, die sie sich nicht selbst ausgesucht hatte, und dass diese Situation nun dringend zu einem Ende kommen müsse, wenigstens zu einem vorübergehenden – den Keuschheitsgürtel loszuwerden, wäre immerhin ein Kompromiss, mit dem sie eigentlich beide hätten leben können müssen. Aber Eva schien an einem Gespräch kein Interesse zu haben. Jedenfalls drehte sie die Musik nicht leiser, als Marie das Wohnzimmer betrat. Sie saß auf dem Sofa, hatte diverse Schachteln und Kartons um sich herum ausgebreitet und las in einer Broschüre, auf deren Bildern Marie Latex- und Leder-Kleidung zu erkennen meinte.

„Hallo!", sagte sie fast schüchtern, jedenfalls zu leise, als dass Eva es bei der lauten Musik hätte verstehen können. Dennoch schaute diese auf, lächelte flüchtig und hob lässig die Hand zu einem Gruß. Dann sah sie Marie aufmerksam an, als wollte sie ihren Gesichtszügen entnehmen, wie es ihr ergangen war – und vertiefte sich wortlos wieder in den Katalog.

Marie holte sich ein Glas Rotwein aus der Küche und setzte sich in einen der Sessel. Der Rotwein tat gut, noch besser war es, nicht mehr auf den eigenen Füßen stehen zu müssen. Sie streifte ihre Pumps ab und setzte die Füße in den edlen Nylonstrümpfen auf den tiefen Wohnzimmerteppich. Sie versuchte, sich zu entspannen.

Nach einiger Zeit schaute Eva wieder auf. Sie griff nach der Fernbedienung für die Stereoanlage und drehte die Musik leiser.

„Zieh erst einmal die Büro-Sachen aus!"

Marie war schon fast erstaunt über diese Fürsorge,

die sie aus den Worten ihrer Frau herauszuhören meinte. In den vergangenen Tagen war davon nicht viel zu spüren gewesen.

„Ich habe dir ein paar Sachen auf dein Bett gelegt. Zieh sie an." Plötzlich schaute sie wachsam. „Musst du am Wochenende noch einmal ins Büro?"

„An diesem wohl nicht", antwortete Marie und zog den Arbeitsvertrag heraus. „Aber diesem Vertrag zufolge kann man das wohl nie so genau voraussagen."

„Und hast du ihn schon unterschrieben?"

„Ich wollte erst noch einmal darüber schlafen."

„Aber was gibt es da zu überlegen? Ich habe jedes Detail mit Paul verhandelt. Einen besseren Arbeitsvertrag wirst du nicht bekommen. Nirgends. Niemals!"

Marie nickte. Sie glaubte nicht, dass es etwas brächte, jetzt mit Eva über ihre grundsätzlichen Vorbehalte zu sprechen. Auch nicht darüber, dass sie sich scheute, mit ihrem falschen Namen einen Vertrag zu unterschreiben. Aber Eva schien ihre Meinung zu haben, und was Marie darüber dachte, schien sie nicht besonders zu interessieren.

Sie blieb noch einen Augenblick sitzen und genoss es, die Schuhe abgestreift zu haben. Sie trank einen weiteren Schluck Wein. Eva beobachtete sie.

„Und? Wir war's?"

Marie ließ sich Zeit. Dann versuchte sie, ihre widersprüchlichen Gefühle in die richtigen Worte zu fassen. Nach zwei oder drei Sätzen unterbrach Eva sie. „Du wirst dich dran gewöhnen! So ist das eben mit Frauen und Männern. Für Männer ist die Frau Freiwild, und so lange sie nur gucken und nicht aufdringlich werden, ist es in Ordnung."

„Aber etwas ungewohnt. Und wenn ich nicht so

kurze Röcke trage ..."

„Wie gesagt, du wirst dich dran gewöhnen." Eva warf wieder einen Blick in ihre Broschüre. Es machte den Eindruck, als wenn für sie das Thema damit erledigt wäre.

„Aber ..."

„Wir haben jetzt keine Zeit. Geh ins Schlafzimmer und zieh dich um."

„Keine Zeit?"

„Gleich kommt ein Pizzabote und du musst den Esstisch noch decken. Einen Wein aus dem Keller brauchen wir auch noch. Trockenen Rotwein." Eva selbst blieb auf dem Sofa sitzen und blätterte weiter in ihrem Katalog.

„Aber ich komme gerade erst aus dem Büro!"

„Ich ja auch. Kein Grund, sich jetzt hängenzulassen. Geh und zieh dich um!" Ihr Ton wurde ungeduldig.

Marie war irritiert. So kannte sie Eva nicht. Das war ein ganz neuer Ton, und eine neue Art, ihn zu behandeln. Also ging sie ins Schlafzimmer – und stockte, als sie auf dem Bett eine schwarzes Dienstboten-Kleid liegen sah, einschließlich weißer Schürze und Häubchen.

Sie setzte sich für einen Augenblick auf's Bett. Was war hier los? Was stand ihr jetzt wieder bevor? Der herablassende Ton Evas hatte schon nicht gepasst, hatte mehr einem Befehlston geglichen als dem einer Ehefrau.

Da ging die Tür des Schlafzimmers auf. Eva steckte kurz den Kopf herein. „Der Pizzabote wird in etwa zehn Minuten hier sein. Sieh zu, dass du bis dahin fertig bist. Ich muss eben noch einmal weg."

Und damit schloss sich die Tür wieder.

Zehn Minuten! Das würde kaum ausreichen. Also erhob sich Marie schnell vom Bett, entkleidete sich, huschte unter die Dusche, wusch sich, trocknete sich ab, frisierte und schminkte sich oberflächlich neu – „für den Pizzaboten wird es reichen" – und schlüpfte dann in die bereitliegende Kleidung.

Es war tatsächlich ein richtiges Zofenkleid, das Eva ihr bereitgelegt hatte. Dazu sollte sie hautfarbene Stayups anziehen und schwarze Fesselriemchen-Pumps mit 10 Zentimeter hohen Absätzen.

Sie rückte gerade das Häubchen auf ihren Haaren zurecht, da klingelte es an der Tür. Marie beeilte sich. Erst als sie die Tür erreichte, fiel ihr auf, dass ihr Outfit höchst kompromittierend wirken müsste. Was würde der Bote denken! Aber zweifellos hatte er sie bereits gehört, zu spät also, um so zu tun, als wenn niemand da wäre; jedenfalls drückte er noch einmal auf die Klingel. Da öffnete sie und stand einem jungen Mann mit nicht übermäßig gepflegtem Äußeren gegenüber, dessen Augen immer größer wurden, je genauer er Marie musterte, erst von oben nach unten, dann von unten wieder nach oben.

„Hallo!", sagte er währenddessen zögernd, und Marie empfand schon dieses eine Wort als unangenehme Anmache. „Die Pizza ist da. Und alles, was du sonst noch willst, schöne Frau."

„Wieviel macht das?" Marie wollte das so schnell wie möglich hinter sich bringen.

„Zweimal Pizza und zweimal Salat, das macht 15,60 Euro, oder wir lassen uns was anderes einfallen."

„Einen Augenblick." Marie hatte kein Portemonnaie mit an die Tür genommen. Sie hastete zurück ins Wohnzimmer. Dabei klackerten ihre Stiletto-Absätze so aufreizend, dass sie sich nicht wunderte, bei ihrer Rückkehr den Pizzaboten im Haus an der Garderobe stehen zu sehen. Das Geräusch der Absätze musste wie ein Magnet wirken, der alles anzog, was etwas zwischen den Beinen hängen hatte (und keinen CB 6000 trug).

Marie suchte 17 Euro aus der Geldbörse. „Stimmt so. Vielen Dank."

„Bist du allein?"

„Ich habe leider zu tun."

„Wann hast du denn Feierabend, Süße?"

„Feierabend?"

„Ja, wann hast du hier Schluss? Um 8, um 9, um 10? Da könnten wir doch noch etwas unternehmen, wir zwei beiden Hübschen."

Marie schaute den Boten verdutzt an. Als sie begriff, wofür der sie hielt, wurde sie rot. „Das weiß man nie so genau. Es kann auch sehr viel später werden."

„Ach ja?"

„Ja, und ich habe jetzt wirklich keine Zeit mehr. Ich habe zu tun."

Der Bote war inzwischen ganz nah an Marie herangetreten.

„Aber so ein schönes Mädchen", er streckte seine Hand in Richtung ihrer Taille aus, „muss doch irgendwann mal Freizeit haben."

„Bitte geh jetzt. Ich habe schon gesagt, dass ich keine Zeit habe."

Die Hand des Boten hatte die Taille erreicht und er versuchte nun, sie an sich zu ziehen.

Da überkam Marie eine riesige Wut. Vielleicht war es eine Entladung all der aufgestauten Aggressionen, die sich in den vergangenen Tagen angesammelt hatten

– an Tagen, an denen sie ständig zu Dingen gedrängt worden war, die sie – die er, Alex – eigentlich gar nicht wollte. Vielleicht spielte sogar jener Stau mit, der durch den verdammten Keuschheitsgürtel erzeugt worden war in Verbindung mit der ständigen Erregung, in der er sich seit Tagen befand ohne die Aussicht, diese Erregung irgendwann abbauen zu können. Jedenfalls holte sie aus und die Ohrfeige, die sie dem unverschämten Pizzaboten verpasste, knallte so laut durch den Flur, dass sie sich selbst wunderte. Durch die Wucht des Schlags machte der Bote zwei Schritte zu Seite. Als der Hall verebbt war, sagte Marie überraschend ruhig, aber unverkennbar bedrohlich: „Und jetzt raus!"

Der Bote legte verdutzt die Hand auf die Wange. Das Mädchen in der heißen Dienstbotenuniform hielt ihm die Haustür auf. Wie ferngesteuert machte der junge Mann ein paar Schritte und überquerte die Türschwelle. Da knallte auch schon die Tür ins Schloss und hätte ihn fast noch an der Ferse erwischt.

## Besuch

Marie blieb zunächst hinter der geschlossenen Haustür stehen. Das war doch unglaublich! Offenbar wirkte diese Aufmachung wie eine unmittelbare Einladung an die Männer, sich an eine Frau, die in solchen Kleidern steckte, heranzumachen. Wie die Schuhe, die mit jedem Klack-Klack auf dem Boden „Fick mich – fick mich" zu schreien schienen. Das war durchaus zu verstehen, Alex kannte diese Reaktion von sich selbst. Aber dass diese Machos das dann auch sofort und völlig ungeniert in die Tat umsetzen wollten! Wie die Tiere ... Die glaubten offensichtlich, dass man nur auf sie gewartet hatte!

Nur langsam fand sie wieder in ihre Situation zurück. Dabei musste sie sich um die Pizza und den Salat kümmern, der Wein war auch noch im Keller und der Tisch war noch nicht gedeckt. Und Eva konnte jeden Augenblick wieder zurück sein.

Marie beeilte sich. Eigentlich war es ja auch irgendwie ein Kompliment, wenn sie so angemacht wurde, oder nicht? Sollte sie nun die animalische Art der Männer, die offenbar ihren Verstand ausschalteten, sobald sie einen kurzen Rock sahen oder einen Stiletto auf den Asphalt hämmern hörten, verachten, oder konnte sie daraus nicht auch ein durchaus schmeichelhaftes Kompliment entnehmen? Jedenfalls so lange sie sie nicht berühren und mehr von ihr wollten, als sie nur anzusehen.

Aber was wäre, wenn sie an einen geriete, der sich nicht durch eine einfache Ohrfeige vertreiben ließ?

Dann konnte die Situation zweifellos gefährlich werden. Und wie schnell sie in ihren Highheels laufen konnte, hatte sie noch nie ausprobiert.

Inzwischen war der Tisch gedeckt. Marie entkorkte gerade die Rotweinflasche, als Geräusche von der Haustür zu ihr drangen. Sofort konnte sie hören, dass Eva nicht allein war. Sie unterhielt sich ausgelassen mit einer Frau, die ihr ebenso ungezwungen antwortete. Panik stieg in Marie auf – sie und in diesem Aufzug?! Wie ein Dienstmädchen – was würde diese Frau von ihr denken?!

Aber der Fluchtweg war verstellt, sie hätte durch den Flur zum Treppenhaus gemusst, und mit diesen Schuhen war ein lautloses Huschen vollkommen unmöglich.

Und da stand Eva auch schon in der Küchentür und sah sie an. Im ersten Augenblick musterte sie sie gespannt und kritisch von oben bis unten, dann lächelte sie, trat in die Küche und machte einer zweiten Frau Platz, die nun in die Küchentür trat. Sie war ungefähr im gleichen Alter wie Eva, ebenfalls sehr gut aussehend, aber ansonsten in ziemlich Allem das genaue Gegenteil von ihr: irgendwie herb, fast männlich. Sie hatte die Haare kurz geschnitten, trug Springerstiefel, Jeans und ein einfaches, weißes T-Shirt, war offenbar nicht geschminkt (oder so geschminkt, dass sie wie nicht-geschminkt wirkte) und trug auch keinen sichtbaren Schmuck (später sollte Marie sehen, dass sie durchaus Schmuck trug).

„Siehst du", sagte Eva nun, aber offensichtlich nicht an Marie, sondern an die andere Frau gerichtet, „das ist sie! Wie gefällt sie dir?"

Die andere Frau taxierte Marie fast professionell, wie diese fand.

„Heiß!"

„Ja, nicht wahr?"

Marie hatte noch die Rotweinflasche in der Hand, stellte sie nun ab, blieb aber schüchtern stehen.

„Ich wollte das Kleid nicht aus Lack, sondern ein *richtiges*, sozusagen Arbeits- oder Dienstkleidung. Schließlich ist das für uns ja kein Fetisch. Nicht wahr, Marie?"

Marie sah Eva überrascht an.

„Ach, *nicht*?", fragte die andere Frau, die offenbar ebenfalls überrascht war.

„Nein, das *ist* ihre Arbeitskleidung!"

Nun sahen sowohl Marie als auch die andere Frau auf Eva.

„Ja, wir wollen doch etwas Stil in die Sache bringen. Und außerdem habe ich noch immer das Gefühl, dass Marie daran glaubt, dass ihr neues Leben nur vorübergehend ist, dass sie bald wieder biersaufend und in Boxershorts vor dem Fernseher hängen und Baseball schauen wird. Das Kleid hilft ihr vielleicht, ihre neue Rolle bewusster wahrzunehmen und sich hineinzufinden."

Eva lächelte und die fremde Frau grinste zurück.

„Und sieh mal!" Damit trat Eva neben Marie und hob etwas ihren kurzen Rock.

„Petticoats!" Die andere Frau staunte. „Unschuldige, weiße Petticoats! Wie süß!"

Eva lächelte nun und hob, obwohl Marie es verhindern wollte, den Rock noch weiter, so dass die bestickten Ränder der Stayups sichtbar wurden.

„Wouw!", staunte die Frau, „ja, das nenne ich Stil!

Wirklich!"

Als Eva den Rock noch weiter heben wollte, versuchte Marie, dies mit der Hand zu verhindern. Doch Eva schlug ihr mit der ihren auf die Finger, so dass Marie sie überrascht zurückzog. Der Rock hob sich noch ein Stückchen weiter. Die Augen der fremden Frau wurden größer, ihr Mund öffnete sich, doch für einen Augenblick blieb sie still. Dann nickte sie.

„*Das* ist heiß!", sagte sie dann bedächtig. „Ich hatte schon fast vergessen, *wie* heiß das ist! Aber deine Marie ist natürlich auch ... also, *so* heiß hat das noch bei keinem ausgesehen! Und ich habe schon *einige* gesehen, wie du dir denken kannst."

Eva lächelte glücklich in sich hinein – und Marie wäre am liebsten im Boden versunken. Wieder einmal musste sie sich fragen, was hier eigentlich geschah. Und was da *mit ihr* geschah, vielmehr: mit ihm, mit Alex. Wo war der überhaupt noch? Wo war Alex geblieben?

Die Frau kam langsam auf sie zu, den Blick starr auf Maries Höschen mit dem sich deutlich abzeichnenden Keuschheitsgürtel gerichtet. Als sie ganz nah vor ihr stand, legte sie ihre Hand in Maries Schritt und ergriff vorsichtig den CB 6000. Sie befühlte ihn, bewegte ihn leicht – und Marie spürte, wie sich das Blut in den Schwellkörpern zu sammeln begann.

Plötzlich sah ihr die fremde Frau interessiert ins Gesicht. Aufmerksam musterte sie jeden einzelnen Zentimeter, schien genau das Makeup zu prüfen, vom Mascara der gezupften Augenbrauen, dem Lidschatten und der Wimperntusche über den Rouge bis zum Lippenstift, alles nur flüchtig aufgetragen und dadurch sehr dezent, aber vorhanden. Währenddessen spielte sie noch immer mit dem Keuschheitsgürtel in Maries Höschen, während Eva weiterhin ihren Rock hoch hielt.

Dann drehte die Frau sich zu Eva um: „Keuschheitshaltung ist an sich schon eine heiße Sache. Aber wenn man ein so süßes Objekt hat wie deine Marie, das außerdem alles mit sich machen lässt, ohne jeden Widerstand – das ist die Krönung. Das ist einfach das Größte."

Eva ließ den kurzen Rock wieder fallen. „Das *Allergrößte* vielleicht nicht."

Beate nickte.

„Aber doch ziemlich groß. Wir werden Zeit genug haben, uns Gedanken darüber zu machen, wie wir das noch perfektionieren können. Ich hoffe auf Ideen! Schließlich wirst du inzwischen eine ganze Menge Erfahrungen gesammelt haben. Aber jetzt lass uns erst einmal essen. – Ist die Pizza gekommen?", wandte sie sich an Marie.

„Ja", antwortete die noch immer verunsichert, „vor ein paar Minuten. Ich stelle noch einen Teller und ein Glas dazu."

„Wieso? Es ist doch alles perfekt."

„Aber es sind nur zwei Gedecke."

„Ja, genau richtig."

„Aber ..."

„Du kannst ja dann hinterher essen. Oder in der Küche."

Marie war wie vor den Kopf gestoßen. Sie sollte hinterher essen? Und wohl auch noch daneben stehen und bedienen, während die beiden an dem von ihr gedeckten Tisch aßen?

„Schenk schon einmal den Wein ein. – Willst du dir

noch die Hände waschen?", wandte sie sich an ihre Freundin. „Das WC ist direkt neben der Haustür."

Und die Fremde verließ die Küche.

Marie wollte sich sofort beschweren. Aber Eva fuhr ihr über den Mund, noch ehe der Gast außer Hörweite war. „Kein Wort! Das war unsere Vereinbarung! Du wolltest alles tun, was ich von dir verlange."

„Ja, aber ohne Peinlichkeiten."

„Was ist denn hieran peinlich? Ich habe Beate erzählt, dass du deine Freude daran entdeckt hast, die Hausfrau zu spielen."

„Und was noch?"

„Dass du überlegst, ob du als Frau leben willst."

„Als Hausfrau?"

„Es gibt viele Frauen, die in dieser Rolle aufgehen."

„Aber das stimmt doch gar nicht!"

„Wäre es dir lieber gewesen, wenn ich ihr die Wahrheit gesagt hätte? Dass ich dich erwischt habe, wie du meine Wäsche getragen hast, und dass ich dich, weil du ein Weichei, ein Sissyboy bist, seither als meine Haussklavin halte? Dass du heute sogar arbeiten gehen musstest, weil du von mir kein Geld mehr bekommst, aber auch nicht in deine Rolle als Mann zurück kannst, weil deine Kleidung weg ist?"

„Aber das ist doch auch nicht die Wahrheit!"

„Nicht? Dann kannst du ihr das ja erklären. Ich werde das jedenfalls nicht tun." Sie wandte sich unwillig ab und setzte sich an den Esstisch. „Jetzt stell dich nicht so an! Unsere Vereinbarung gilt, und du wirst tun, was ich dir sage. Wenn du das nicht willst, kannst du jederzeit gehen. Und jetzt hol die Pizza aus dem Ofen und trag sie auf. Ich habe keine Lust mehr, mich mit dir zu streiten!"

Marie stand da wie der sprichwörtliche, begossene Pudel. Sollte sie ihre Sachen packen und gehen? Jetzt sofort? Aber trotz allem liebte sie Eva, und ihr neuartiges Verhalten war doch sicherlich nur eine vorübergehende Laune, eine Rolle, in die sie geschlüpft war, um mit Marie bzw. Alex zu spielen. Irgendwann würde sie wieder die alte sein, würde auflachen und dieses absurde Spiel für beendet erklären. Besser, er hielt bis dahin durch und ließ sich nicht anmerken, wie irritiert er tatsächlich war.

Allerdings sagte eine andere Stimme in ihm ganz leise, dass dieses „irgendwann" vielleicht nicht so bald kommen würde. Wie eine vorübergehende Laune sah all dies inzwischen eigentlich nicht mehr aus. Eher wie ein Spiel, das langsam immer konkretere Formen gewann und immer deutlicher auf Dauer ausgerichtet wurde – wie ein Endlos-Spiel, eine jener 24/7-Sex-Fantasien, die nur in den seltensten Fällen wirklich in die Tat umgesetzt werden: in *diesem* allerdings schien genau dies gerade zu geschehen.

Mit klackernden Absätzen trat Marie also an den Backofen, nahm die beiden Pizzen heraus, schnitt sie in Hälften und legte sie auf große Teller. In dem Augenblick, als Beate ins Esszimmer trat, stellte sie die Teller auf den Tisch, entzündete die Kerze in der Tischmitte, goss Wein in die Gläser und wünschte einen guten Appetit. Dann kehrte sie in die Küche zurück und spülte und räumte die wenigen Dinge weg, die sie gebraucht hatte.

Aus dem Esszimmer hörte sie das zwanglose, fröhliche Gespräch der beiden Frauen. Offenbar kannten sie sich schon lange – Eva hatte diese Beate nicht vorgestellt, Marie wusste nichts über sie. Vielleicht kannten sie sich noch aus dem Studium. Und von dieser Zeit wusste Marie so gut wie nichts.

„Marie!"

Evas Stimme klang ungeduldig. Marie beeilte sich, ins Esszimmer zu kommen.

„Willst du nicht einmal unsere Gläser nachschenken?"

Beide Weingläser waren leer. Marie holte die Flasche aus der Küche und schenkte nach.

„Und dann kannst du abräumen."

Beide hatten Pizza übrig gelassen, aber der Salat war vollständig aufgegessen. Marie ließ die Flasche auf dem Tisch stehen, räumte Teller und Besteck zusammen und trug sie in die Küche. Dann ging sie noch einmal zurück und fragte, ob die beiden eventuell Kaffee wollten.

„Ach, ja, gern", sagte Beate. „Ich hätte gern einen Milchkaffee."

„Ich möchte lieber einen Cappuccino", sagte Eva. „Und ein paar Kekse."

Marie konnte sich nicht zurückhalten, antwortete „Sehr wohl!", und kehrte in die Küche zurück, um Kaffee zu machen.

Hinter sich hörte sie die Frauen lachen. Dann sagte Eva: „Ja, sie ist wirklich schon gut. Aber es gibt ein paar Dinge, die ich noch nicht angepackt habe. Die Titten zum Beispiel. Sie müssten wenigstens angeklebt werden mit einem Kleber, der möglichst lange hält, wenigstens ein paar Tage."

„Das ist ja kein Problem", antwortete Beate. „Da gibt es inzwischen Kleber, die drei oder vier Tage halten. Damit könnte sie sogar ohne BH herumlaufen, ins Schwimmbad oder in die Sauna gehen, wirklich gut."

„Was hältst du von solchen vollständigen Brustteilen, die man anlegt wie einen BH?"

„Du meinst einen Torso? Die sind einerseits ganz praktisch. Wenn du es geschickt machst, kann Marie damit ein richtiges Dekolletee haben, so dass sie einen großzügigen Ausschnitt tragen kann. Andererseits schwitzt man darin ziemlich, habe ich mir sagen lassen. Am besten solltet ihr das ausprobieren."

„Und was sagst du zu der Größe?"

„Die ist perfekt – ich würde sie *auf keinen Fall* kleiner nehmen! Deine kleine Marie ist zwar nicht besonders groß, aber diesen Busen kann sie schon tragen."

„Ja, das denke ich auch. Aber wir sind noch ein bisschen am Experimentieren."

„Denkst du an eine OP?"

„Dafür ist es noch zu früh, im Augenblick."

„Und später?"

„Das wird sich ergeben, denke ich."

„Gibst du ihr schon Hormone?"

„Noch nicht."

„Wann willst du anfangen?"

„Wir haben ja gerade erst begonnen. Eigentlich sind wir erst bei, lass mich überlegen, bei Tag 5."

„Man kann nie früh genug anfangen."

„Hast du auch wieder recht."

„Hast du eine Ärztin?"

„Ja, das ist nicht das Problem."

„Dann warte nicht zu lange. Wer weiß, was passiert."

„Ach", hörte Marie Eva versonnen sagen, „ich habe sie ganz gut im Griff. Ich glaube nicht, dass da etwas dazwischenkommen kann. Ich will eher sehen, wie es *mir* damit geht. Schließlich war ich bis Montag-

Nachmittag noch mit einem *Mann* verheiratet."

„Na und? Wir waren uns damals schon sicher, dass soetwas das Optimale wäre. Und ob du sie für dich selbst, für uns oder zum Ausleihen, Vermieten oder Tauschen halten willst, kannst du später immernoch entscheiden."

Marie war das Stück Pizza, das sie sich gerade in den Mund gesteckt hatte, fast im Hals stecken geblieben. Sie konnte einfach nicht glauben, was sie da hörte. Das inszenierten die beiden doch nur, um sie zu schockieren, weil sie wussten, dass in der Küche jedes Wort zu verstehen war. Das *konnten* sie nicht ernst meinen!

Sie war drauf und dran, aufzustehen, und Eva ihre Meinung zu sagen – und dann gegebenenfalls *wirklich* die Sachen zu packen und zu gehen. Jetzt musste Schluss sein! Was diese Beate da vorschlug, ging erstens *weit* über das hinaus, was Eva und er am Montag vereinbart hatten. Und zweitens taten sie so, als wenn es vollkommen unerheblich sei, was er, Alex, eigentlich über die ganze Sache dachte. Eine Brust-OP war doch kein Experiment und vor allem kein Spaß mehr!

Andererseits aber war er für einen echten Aufstand an diesem Abend inzwischen viel zu müde. Immerhin hatte er einen ganzen Arbeitstag in Highheels hinter sich – hatte sich wacker geschlagen! – und hatte nun auch noch diese Farce mit dem Zofenoutfit und dem Dienstbotengetue über sich ergehen lassen müssen, noch dazu vor dieser *sehr* seltsamen, fremden Frau. Vor diesem Hintergrund konnte er seinen Widerstand gut auch bis zum nächsten Tag verschieben. Zumal all das ja gut überlegt sein wollte. Schließlich konnte der ins Auge gefasst Schritt das Ende dieser Beziehung, dieser Ehe und dieses ganzen, gemeinsamen Lebens bedeuten, das bisher eigentlich ziemlich glücklich verlaufen war – wenn man einmal von der in letzter Zeit zunehmenden Ebbe im Ehebett absah. Nein, Alex wollte auch hierüber noch eine Nacht schlafen, um sich dann zu einer Entscheidung durchzuringen. Am nächsten Tag, wenn er ausgeschlafen und wieder bei Kräften wäre, würde er Entscheidungen fällen, und zwar unabhängig von den sich daraus ergebenden Konsequenzen. Am nächsten Tag würden die Weichen endlich wieder in die richtige Richtung gestellt werden.

Wie gut, dass Alex den absurden Arbeitsvertrag noch nicht unterschrieben hatte.

## Drei sind keine zu viel

Und wieder erschallte Evas Stimme und Alex stöckelte ins Esszimmer. Fast hätte er „was'n jetzt schon wieder" gemurmelt, denn er kam sich ein wenig vor wie Killick. Der eben gefasste Entschluss tat ihm gut, das spürte er deutlich.

„Wir ziehen ins Wohnzimmer um. Bring uns den Rotwein hinüber und ein bisschen was zum Knabbern. Dann kannst du hier abräumen."

Alex sagte nichts, nickte nur, nahm Weingläser und -flasche, trug sie ins Wohnzimmer, stellte sie auf den Wohnzimmertisch und kehrte dann ins Esszimmer zurück, um den Tisch abzuräumen und anschließend die Küche wieder in Ordnung zu bringen. Nicht dass dort viel zu tun gewesen wäre, aber *heute* würde er nicht mehr aufbegehren, *heute* würde er noch tun, was offenbar Maries seltsamen Rolle entsprach, um die sie nicht gebeten hatte, und wollte sich dann ins Arbeitszimmer zurückziehen, um nachzudenken und schon einmal die Entscheidungen des morgigen Tags vorzubereiten.

Irgendwann hörte er, wie Eva und Beate sich aus dem Wohnzimmer entfernten und in den ersten Stock hinauf gingen. Was sie dort wollten, war ihm schleierhaft. Er sah zu, dass er die Küchenarbeit fertigstellte und stieg dann mit müden Füßen ebenfalls die Treppe hinauf. Nun war es langsam genug. Er wollte heraus aus diesen Klamotten, wollte vor allem befreit werden von diesem blödsinnigen CB 6000, wollte ins Bett und schlafen, um zumindest das unangenehme Ende dieses

Tags möglichst schnell zu vergessen und für den morgigen Tag gerüstet zu sein.

Als er die Tür zum Schlafzimmer öffnete, platzte er mitten in eine ‚Party' hinein. Eva und Beate lagen nackt auf dem Ehebett, eng aneinandergeschmiegt, und hatten sich wenigstens gestreichelt, wenn nicht anderes miteinander gemacht.

„Da bist du ja, Marie", hörte er Beate sagen. „Komm her!"

Eigentlich wollte er wieder hinausgehen und die Tür hinter sich schließen, doch dann gehorchte er doch. Er trat ein, ließ aber die Tür hinter sich offen stehen.

„Schließ bitte die Tür."

Wieder gehorchte er.

„Eva hat mir vorgeschwärmt, wie gut du inzwischen mit der Zunge bist. Willst du es mir nicht einmal zeigen?"

Alex blickte zu Eva hinüber. Die lag da und schaute ihn amüsiert an. Als er unschlüssig stehenblieb, nickte sie und sagte dann: „Hast du nicht gehört, was Beate gesagt hat? Sie hat eine lange Fahrt hinter sich und würde sich jetzt gern ein wenig entspannen."

Ein Rest Widerstand keimte doch noch in ihm auf. „Aber warum …"

„Du wirst jetzt nicht wieder diese fruchtlose Diskussion beginnen, Marie, oder?", fuhr Eva ihm sofort über den Mund. „Darüber haben wir doch schon gesprochen. Erinnere dich daran und tu, was dir gesagt wird. Und ob *ich* es bin, die das sagt, oder Beate, ist einerlei."

Nun sah Alex Beate an. Ihr nackter Körper glich sehr dem von Eva. Auch sie war im Intimbereich vollkommen rasiert, ihre Haut war glatt und offenbar sehr gepflegt. Er seufzte ergeben, streifte die Pumps ab und krabbelte ebenfalls auf das Bett.

„Wer hat dir gesagt, dass du deine Schuhe ausziehen sollst?", fragte Beate.

Er hielt in seiner Bewegung inne „Ich dachte …"

„Fürs Denken bist du nicht zuständig. Dein Verhalten *schreit* ja geradezu nach disziplinarischen Maßnahmen. Auch das, was ich bisher schon beobachtet habe. Da werden wir uns wohl mal etwas einfallen lassen müssen." Sie wandte sich an Eva. „Wie bestrafst du sie normalerweise?"

„Wir haben noch kein Strafsystem."

„Wie, keine Schläge mit der Rute, kein Eckestehen, keine Windeln, kein Füßeküssen, Schuheablecken, Abbinden seines …"

„Nein, nichts dergleichen. So weit sind wir noch nicht."

„Aber das ist eigentlich das Allererste! Wie willst du sonst für Disziplin sorgen."

„Na, immerhin trägt sie einen Keuschheitsgürtel. Und Kleider und Nylons 24 Stunden am Tag, muss sich schminken, und beim Friseur waren wir auch schon."

„Das ist wenigstens ein Anfang. Darauf können wir aufbauen. Da habe ich sogar etwas dabei, falls dein Spielzeugvorrat das nicht hergibt. Aber jetzt", damit wandte sie sich wieder an Alex, „verwöhn mich erst mal ein bisschen."

Damit streckte sie sich auf dem Rücken aus und spreizte die Beine so, dass ihr Schoß für Alex gut erreichbar war.

Der rückte zögerlich nach oben, auf Beates Schambereich zu.

„Wo willst du hin?"

Er stockte.

„Du fängst mit meinen Füßen an. Küss sie. Und dann bitte schön langsam an den Beinen hinauf, bis du hier oben ankommst." Damit legte sie ihre Hand auf ihren Intimbereich. „Aber lass dir schön viel Zeit!"

Es widerstrebte ihm, Beate zu küssen. Aber er fühlte Evas strengen Blick auf sich ruhen und schickte sich in sein Schicksal. Und wenn er die Augen schloss, konnte er sich einbilden, dass es Eva war, die er küsste. Also begann er an den Füßen. Beate war sehr gepflegt und so fiel Alex die Illusion nicht schwer. Er küsste sanft die Füße und arbeitete sich ganz langsam über die Fußgelenke zu den Unterschenkeln hoch. Er hörte, wie Beate hin und wieder seufzte, und gab sich noch mehr Mühe.

„Gut, Marie, das machst du sehr gut", hörte er Beate irgendwann flüstern. Dann sah er, dass Eva herangerückt war und Beate leidenschaftlich küsste. Das sah nicht so aus, als wenn sie das zum ersten Mal machten, aber Alex konzentrierte sich weiter auf Beates Beine. Als er an den Kniekehlen angelangt war, begann er, auch die Zunge einzusetzen, erst vorsichtig und kleinflächig, dann mutiger. Beate seufzte genüsslich – was allerdings auch daher rühren konnte, dass Eva gerade ihr Ohr mit der Zunge bearbeitete.

Alex bemerkte, dass die Innenseiten von Beates Oberschenkeln besonders empfindlich waren. Immer wieder zuckte Beate oder kniff die Oberschenkel blitzschnell zusammen. Ein oder zweimal stöhnte sie auch auf.

Als er sich bis zu Beates Schambereich vorgearbeitet hatte und auf dem Bauch vor ihr lag, spürte er plötzlich, wie Eva sich ihm von hinten näherte, das Höschen bis auf die Knie herunterzog und dann mit der Zunge sein Pospalte zu bearbeiten begann. Das kam so überraschend, dass er zuckte und erschreckt aufstöhnte.

„Aha", hörte er daraufhin Beate sagen, „wir sind also offensichtlich erregt. Das ist gut. Das ist *sehr* gut! Wir wollen unsere Zofen *rollig*! Am besten *dauerrollig*!" Und sie kraulte Marie durch ihr kurzes Haar und zerwuselte ihre Frisur.

Alex dachte nicht darüber nach, ob die Aussicht, ‚dauerrollig' gehalten zu werden, für ihn eher erstrebenswert oder eher nachteilig wäre. Stattdessen konzentrierte er sich auf Beates Scham. Erst leckte er vorsichtig die Schamlippen, dann drang er ganz langsam und durch die Anweisungen von Beate geleitet mit der Zunge ein, suchte den entscheidenden Punkt und begann daran zu lecken und zu saugen. Beate wurde zunehmend unbeherrschter. Sie stöhnte und seufzte, kniff abwechselnd die Oberschenkel zusammen und ließ wieder locker, feuerte Marie an oder wollte, dass sie sanfter war. Aber von der Tendenz her wurde sie immer hemmungsloser. Schon lange war es feucht um ihre Spalte, und die Feuchtigkeit nahm schnell zu. Alex hätte sich gern den Mund abgewischt, stattdessen musste er immer wieder schlucken, und seine Nase steckte häufig so tief in der Lustgrotte, dass er keine Luft bekam und selbst, wie Beate, nach Luft schnappen musste.

Und dann kam sie. Alex hatte noch nie eine Frau beim Orgasmus so schreien gehört. Beate schrie, als läge sie in den Wehen, und presste dabei ihre Oberschenkel mit solcher Kraft zusammen, dass Alex sich nicht mehr bewegen konnte. Einzig seine Zunge konnte den wilden Tanz fortsetzen, den sie in Beates Lustgrotte tanzte.

Und währenddessen war Eva mit dem Finger in Maries Po eingedrungen und fickte sie nun von hinten, und dies mit einer Wildheit, die dem Ausbruch Beates entsprach. Alex' Schwellkörper waren inzwischen so voll wie sie es trotz des Keuschheitsgürtels sein konnten, aber eben nicht mehr. Auch er wollte angesichts des unglaublichen Reizes, den Evas Finger auf ihn ausübte, zu einem Orgasmus kommen, aber es ging nicht. Der Keuschheitsgürtel ließ ein vollständiges Anschwellen und eine Versteifung des Penis nicht zu, stattdessen staute sich die Lust und verbreitete sich im ganzen Unterleib – nicht in Form einer Entladung, sondern als ein sich ständig steigernder Reiz. Der ganze Unterleib begann zu zittern und zu zucken. Alex hätte mit jeder Sekunde mehr darum gegeben, wenn er den Druck hätte ablassen können, aber das war schlichtweg nicht möglich.

Stattdessen war sein Kopf noch immer zwischen den Schenkeln Beates gefangen. Er hatte aufgehört, seine Zunge zu bewegen, und wartete auf die Befreiung. Doch plötzlich herrschte Beate ihn an: „Was ist! Wer hat dir erlaubt, aufzuhören!" Also setzte er seine Zunge wieder in Bewegung, erst langsam und vorsichtig, doch Beate machte deutlich, dass ‚langsam und vorsichtig' nun nicht mehr zielführend war. So steigerte er die Intensität seiner Bemühungen, bis er schließlich fürchtete, einen Krampf in der Zunge zu bekommen. Und genau in diesem Augenblick war Beate wieder soweit und sie schrie ihren zweiten Orgasmus hinaus, offenbar gegenüber dem ersten mit unverminderter Stärke, wenn er nicht noch intensiver war. Sie schrie und zuckte, warf den Kopf hin und her und grub ihre Finger in das Bettzeug. Schließlich sank sie ermattet zurück und ihre Oberschenkel gaben Marie wieder frei.

Eva hatte inzwischen Maries Po wieder in Ruhe gelassen und lag nun neben Beate. Sie sah Alex auffordernd an. „Und?", fragte sie, „wie lange muss *ich* noch warten?"

Es war ganz eindeutig, was sie erwartete.

Aber Alex war todmüde. Seine Nackenmuskulatur und die Zunge waren einem Krampf nahe, brauchten dringend eine Entspannungspause.

„Ich brauche eine Pause", flüsterte er.

„Pause?" Eva klang ehrlich empört. „Du willst mich warten lassen? Das meinst du doch wohl nicht ernst! Sieh gefälligst zu, dass auch ich mich entspannen kann. Schließlich habe ich es dir ja eben auch gemacht! Und das ganz ohne, dass du mich darum hättest bitten oder gar betteln müssen, so wie ich es jetzt offenbar tun muss!"

Alex hatte schon eine Erwiderung auf den Lippen. Aber dann sah er ein, dass Widerstand keine Aussicht auf Erfolg haben würde. Also bewegte er sich langsam zwischen die Beine Evas und ließ ihr die gleiche Behandlung zukommen, die Beate soeben genossen hatte, angefangen bei den Füßen – die Alex unendlich mehr liebte als die von Beate – über die Unter- und die Oberschenkel bis zur Scham. Eva brauchte ihn kaum anzufeuern oder zu dirigieren, denn er kannte ihren Körper inzwischen ziemlich gut und ließ sich ganz von seiner Liebe und der Empathie für diesen wunderschönen Körper leiten.

Als er jedoch bei Evas Scham angekommen war, spürte er plötzlich wieder einen Reiz in seiner Poritze. Diesmal war es Beate, die sich da zu schaffen machte. Er spürte erst *einen* Finger, mit dem Beate in seinen Po eindrang. Das war aufgrund des latenten Reizes, unter dem die ‚dauerrollige Zofe' stand, ziemlich geil. Kurz darauf drang zusätzlich ein zweiter, offenbar gut geschmierter Finger in das Poloch ein. Und obwohl schon das eng war, kam wenig später sogar noch ein dritter hinzu. Nun fickte Beate ihn gleich mit drei Fingern, und sie ging wesentlich rabiater vor, als Eva das getan hatte. Abwechselnd tat es weh und schickte blitzartig stromstoßartige Reize durch seinen Unterleib. Wieder baute sich eine Geilheit in ihm auf, die aber erneut nicht zu einem Höhepunkt kommen konnte.

Und dann setzte Beate einen richtigen Dildo ein. Während Alex sich kaum noch auf Eva konzentrieren konnte, schob Beate einen ausgewachsenen Kunststoffpenis mit detailliert ausgearbeiteter Eichel und Äderung immer weiter in seinen Hintern hinein und flüsterte dabei immer wieder: „Ich fick dich in deine Pomuschi, du kleine Schlampe, ich fick dich in deine Pomuschi!"

Immer tiefer drang der Dildo ein und es wurde enger und enger. Alex konnte nicht sagen, woran der geäderte Dildo überall vorbeischrappte – an den Darmwänden? an der Prostata? –, in jedem Fall spürte er seinen ganzen Unterleib erzittern. Das war ... Alex hob den Kopf von Evas Möse und stöhnte laut auf. Aber noch immer war die ersehnte Entladung nicht möglich, stattdessen schien im Unterleib inzwischen ein ganzer Ameisenhaufen herumzukrabbeln und ihn mit Vibrationen und Krämpfen in seine Einzelteile zu zerlegen.

Als der Dildo ganz in seinen Hintern eingedrungen war, hielt Beate inne, so dass Alex sich wieder Eva widmen konnte. Langsam und vorsichtig begann er von neuem, und Liebe und Zärtlichkeit für diese, für *seine* Frau überströmten ihn. Er leckte Eva ganz langsam zu ihrem Höhepunkt, bis diese zuckte und stöhnte und sich ein Schwall aus ihrer Möse ergoss, den Alex nur zu einem Teil auffangen konnte. Für einen Augenblick hielt er still, doch durch die Erfahrung mit Beate klüger geworden, fing er nach kurzer Zeit erneut an, mit der Zunge die Lustgrotte zu erkunden und den entscheidenden Punkt zu stimulieren, bis Eva ein zweites Mal kam, andauernder noch als beim ersten Mal und offenbar auch anstrengender, denn kurz darauf sank auch sie ermattet in die Kissen zurück, kuschelte sich an Beate, die inzwischen wieder neben ihr lag, und schien am liebsten einschlafen zu wollen.

## Noch ein Schlüssel

Alex hatte den Eindruck, als sei er nun überflüssig. Er hatte noch immer den Dildo in seinem Hintern und war so hibbelig und unbefriedigt, dass er am liebsten ins Bad gegangen wäre, den Dildo herausgezogen und es sich selbst besorgt hätte – schnell, effektiv und *sehr* heftig. Aber als er vom Bett aufgestanden war und sich zum Bad umdrehte, hörte er Beate in entschiedenem Ton sagen: „Bleib da stehen, Marie!"

Er hielt inne und drehte sich dann wieder zum Bett um.

„Wer hat etwas von Umdrehen gesagt?"
„Aber …"
„Marie!", kam es bestimmt von Eva. „Schluss jetzt!"

Alex konnte es kaum glauben, dass Eva ihn so anherrschte. Aber er war ohnehin verwirrt, erschöpft und müde. Er fühlte sich missbraucht und beschmutzt wie ein Werkzeug, das für eine dreckige Arbeit verwendet worden war. Also schwieg er und blieb einfach stehen.

Die Geräusche, die vom Bett zu ihm drangen, waren eindeutig. Offenbar küssten sich Beate und Eva leidenschaftlich, kuschelten, streichelten und rieben ihre Körper aneinander. Alex fühlte sich unwohl. Er hätte gern den Dildo entfernt und sich gewaschen, und kurz bevor er entgegen der Anweisung Beates eigenmächtig ins Bad gehen wollte, trat diese plötzlich neben ihn.

„Hast du den Dildo noch drin?"
Er nickte.
„Hast du ihr eigentlich gar nicht beigebracht, wie man eine Herrin anspricht?", wandte sie sich zu Eva um.

„Bisher nicht."

„Na dann wird's aber wohl Zeit!" Damit wandte sie sich wieder an Alex. „Also, von nun an redest du uns korrekt mit ‚Herrin' an, verstanden?"

Er sah sie wieder mit großen Augen an. Das ging jetzt aber ...

„Hast du mich verstanden?", kam es in diesem Augenblick *sehr* laut und bestimmt von Beate, und Alex hörte sich gehorsam antworten: „Ja!"

„Ja – was?"

„Ja, Herrin!" Er konnte es kaum glauben. Hatte er das wirklich gesagt? Was machte er da, zum Teufel?

„Und weil es so schön ist, noch einmal!"

„Ja, Herrin!"

Was sollte er machen? Er sah keinen Ausweg! Wo war der Ausweg?!?

„Also: hast du den Dildo noch drin?"

„Ja, Herrin!"

Er sah ihn nicht! Die Entscheidungen sollten doch erst morgen fallen! So hatte er es erst vor einer halben Stunde beschlossen. Jetzt war er für Widerstand viel zu müde!

„Dann dreh dich um und bück dich!"

Alex war so verunsichert, dass er es anstandslos tat. Immerhin hoffte er, das Ding wieder los zu werden.

Stattdessen spürte er, wie Beate den Sitz des Dildos überprüfte und ihn wieder weiter hineinschob. Erneut durchzuckte es seinen Unterleib wie ein Blitz.

„Gut!", sagte Beate. „Nimm das hier und steig hinein!"

Alex richtete sich wieder auf und Beate reichte ihm ein Geflecht aus Lederriemen. Dazu sagte sie: „Steig in diese beiden Öffnungen. Dieser Riemen muss durch deine Pospalte, der geht am Keuschheitsgürtel entlang. Diesen Riemen legst du dir um die Taille und schließt ihn wie einen Gürtel. Gut so. Nun befestige ich vorne den Keuschheitsgürtel daran, so dass er gut sitzt ... so, gut ... und hinten ... warte mal ... hinten den Dildo. So. Oh, ich glaube, das könnte noch ein bisschen enger sitzen. ... Warte mal ... So. ... Ich glaube, so ist es gut. Und damit du dich nicht eigenmächtig davon befreien kannst, sichern wir das Ganze noch mit diesem kleinen, hübschen Schloss. So."

Marie hörte es klicken und fühlte sich an jenes Geräusch erinnert, das sie zuletzt gehört hatte, als Eva den CB 6000 verschlossen hatte.

„Hier, Eva, ist ein zweiter Schlüssel für deine Sammlung! Nimm ihn – und verlier ihn nicht!"

Beide Frauen lachten.

Alex traute seinen Augen nicht. Was er jetzt um seinen Unterleib hatte, hinderte ihn nicht nur an einer Erektion, es fixierte auch einen großen, geäderten Dildo in seinem Hintern, und das ziemlich straff.

Er spürte Tränen in sich aufsteigen. Eigentlich hatte er auf Erleichterung gehofft, auf eine Entladung der aufgestauten Spannung – nicht auf soetwas! Frust machte sich in ihm breit. Nun wollte er doch wieder aufbegehren, aber noch steckte der Schreck darüber in seinen Knochen, wie Eva ihn angefahren hatte.

„Aber ...", setzte er trotzdem an, denn *das* war doch nun wirklich zuviel!

„Ja, ich weiß," unterbrach Beate ihn, „aber es ist ja nur ein Provisorium. Morgen werden wir nach einer anderen Lösung suchen. Aber der Arsch einer Zofe muss gestopft sein, da führt nun einmal kein Weg dran vorbei. Es gibt nur *eine* andere Alternative, aber darauf war ich jetzt nicht vorbereitet."

„Und die wäre?", fragte nun Eva gespannt.

„Eine künstliche Vagina."

„Aber die hält die kleine Marie *hinten* doch auch nicht verschlossen, oder?"

„Nein, hinten natürlich nicht. Dafür gibt es tatsächlich keine Alternative. Aber dieser Harness hat immerhin den Vorteil, dass er wirklich hält und dass Marie trotzdem kein Höschen tragen muss. Und das ist, wie du sicher weißt, ja das Ideal, wie wir es von der ‚O' kennen."

„Und was ist, wenn ich mal ... auf die Toilette muss?"

„Dann muss Eva dir helfen. Deshalb musst du immer sehen, dass du das erledigst, wenn Eva in der Nähe ist. Also beispielsweise morgens, bevor ihr zur Arbeit aufbrecht."

„Ich soll das *während der Arbeit* tragen?!"

„Na, was hast du denn gedacht? Entweder richtig oder gar nicht, oder? Und was habe ich vorhin gesagt: wir wollen unsere Zofen *rollig*, möglichst *dauerrollig*. Das hier ist eine sehr gute Methode. Du wirst schon sehen."

„Apropos rollig: könnte ich nicht ..." Alex zögerte.

Die beiden Frauen sahen ihn an, ohne zu reagieren.

„Könnte ich nicht, vielleicht ..."

Beate und Eva blickten ihn weiter schweigend an.

„Ich meine, ich würde gern ..."

Da endlich bequemte sich Beate, ihm zu Hilfe zu kommen. „Du willst abspritzen?"

Die Frage klang so, als hätte Alex um etwas gebeten, das die größte denkbare Zumutung für Beate gewesen wäre, wie eine maßlose Unverschämtheit, die niemals durch irgendeine Buße gutzumachen wäre.

Alex nickte vorsichtig, wagte aber nichts weiter zu sagen. Er senkte sogar den Blick auf den Boden und wagte es nicht, Beate direkt anzusehen.

Beate sah ihn prüfend an. „Ich glaube, du hast schon selbst begriffen, wie unverschämt diese Bitte war. Es ist nicht an der Zeit, uns um einen Gefallen zu bitten. Soetwas muss man sich *verdienen*, die Zeiten für dreiste *Ansprüche* sind jetzt vorbei!"

Wieder sah sie Alex aufmerksam an. „Oder meinst du etwa, du hättest es dir schon verdient? Nur weil du uns ein bisschen verwöhnt hast, ein bisschen herumgeleckt und dabei noch selbst Spaß gehabt hast? Meinst du das wirklich?"

Alex schüttelte abwehrend den Kopf. „Nein, nein, ich ..."

„Ach!" Beate wandte sich mit einer eindeutigen Handbewegung ab. „Ihr seid doch alle gleich, ihr ... *Männer*. Hast du eigentlich" – damit wandte sie sich Alex wieder ganz direkt zu und griff nach dem CB 6000 in seinem Schoß – „hast du eigentlich jemals Eva gefragt, ob *sie* dich lecken will, wenn du sie dazu aufgefordert hast? Hast du sie jemals gefragt, ob sie deinen Schwanz in den Mund nehmen und deinen weißen, schleimigen Saft schlucken wollte? Hast du das?"

Sie hob den CB 6000 so an, dass es schmerzte. Alex rührte sich nicht. Er hatte *nicht* gefragt, aber er hatte Eva auch nie darum *gebeten*, ihm einen zu blasen. Beate verharrte für einige Augenblicke unbewegt und blickte ihm schweigend in die Augen. Dann ließ sie das PVC-Rohr wieder los.

„Hast du selbstverständlich *nicht*. Für euch Männer sind wir Frauen doch nichts als Sexspielzeuge, Sklavinnen, die gefälligst tun sollen, was man von ihnen verlangt, sonst ..."

Beate trat noch näher an ihn heran und flüsterte nun, vielmehr: zischte ihm entgegen: „Aber damit ist jetzt Schluss, du kleines Weichei, du ... Schwuchtel, du Sissyboy! Vorbei ist es mit dem Machogehabe, dem ganzen Männlichkeitswahn. Es ist Zeit, dass du einmal die *andere* Seite kennenlernst. Von jetzt an bist *du* das Sexspielzeug, die Sklavin! Von jetzt an bist du abhängig vom Willen deiner Herrin, abhängig von ihren Wünschen und Einfällen, abhängig von dem, wie es ihr geht und wonach ihr ist. Von nun an bist du abhängig davon, wie sie sich euer Leben vorstellt, abhängig davon, wie sie sich eure Rollenaufteilung wünscht, abhängig davon, was sie für richtig und falsch hält und welche Entscheidungen sie fällt. Du bist sogar abhängig davon, wie sie sich vorstellt, dass du dich kleidest, wie du dich schminkst, welche Frisur du trägst, wo und wie du dich rasierst, welche Ohrringe du trägst und von welcher Marke die Binden und Tampons sind, die du verwendest. Es gibt von nun an überhaupt *nichts* mehr, das du selbst entscheiden wirst, nicht einmal, welchen Schwanz du lutschst und wessen Sahne du trinkst. Und wenn Eva dich bittet, aus bestimmten Gründen deinen neuen Chef, diesen reichen Schnösel, bei der Stange zu halten oder ihn ein wenig zu verführen – ihm zum Beispiel einen zu blasen oder ihn an seinen Eiern zu kraulen –, dann ist es nicht mehr in deine Entscheidungsgewalt gestellt, ob du dieser Bitte nachkommst oder nicht, hast du verstanden? Denn es ist für dich keine Bitte mehr. Was deine Herrin sich wünscht, ist dir von jetzt an selbstverständlich *Befehl*!"

Beate hatte sich ihm so weit genähert, dass er ihren Atem spüren konnte. Nun kam sie ruckartig so nahe heran, dass sich die Nasenspitzen beinahe berührten, und zischte noch leiser, aber noch bedrohlicher: „Hast du das verstanden, Weichei?"

Marie nickte stumm. Während Beate sie angezischt hatte, waren Tränen in ihr aufgestiegen, und die rannen ihr nun über die Wangen.

„Jetzt fängt das Weichei auch noch an zu flennen!"

Doch plötzlich schritt Eva ein. „Lass sie", sagte sie unerwarteterweise zu Beate. „Es ist genug."

„Genug?" Beate war sichtlich konsterniert.

„Ja, genug. Wir sind ja erst am Anfang. Und immerhin hatte er ... hatte sie ..."

„Hatte sie?"

„Na, sie dürfte ziemlich frustriert sein. Immerhin hat sie *uns* befriedigt, aber sie selbst ..."

„Willst du sie in Schutz nehmen?"

„Ein bisschen schon, ja. Wir sollten es ihr erlauben. Dieses eine Mal noch."

„Sie soll abspritzen?"

Eva sah Marie mitleidig an, deren Makeup inzwischen durch die Tränen verlaufen war. „Wenn sie das will, sollte sie es dürfen, ja."

Beate war offenbar verärgert. „Das ist nicht im Sinn einer konsequenten Erziehung!"

„Ja, aber wir sind, wie gesagt, erst noch am Anfang."

Nun sah auch Beate Marie prüfend an. Dann wandte sie sich wieder an Eva. „Gib mir den Schlüssel!"

Eva nahm den Schlüssel des Keuschheitsgürtels von ihrer Kette. Beate zog Maries Höschen, das diese sich wieder korrekt angezogen hatte, herunter, schloss das Schloss auf und entfernte das PVC-Rohr. Augenblicklich sprang der Penis hervor, so erregt war er noch immer. Beate zog das Höschen wieder hoch, so dass der Penis davon bedeckt wurde. Dann begann sie ohne Vorbereitung, den Stoff des Höschens an ihm zu reiben, und dies mit einem Druck, der jede Zärtlichkeit vermissen ließ. Und dennoch – oder gerade deswegen – spürte Alex schnell seine Erregung zunehmen. Der Vulkan kochte schon, das Magma stieg unaufhaltsam hinauf.

„Stopp!", rief er und versuchte, Beate an ihrem Tun zu hindern, „halt! Sonst ..."

Doch Beate schlug seine Hand brutal beiseite. „Untersteh dich!", herrschte sie ihn an und verstärkte eher noch den Druck, mit dem sie seinen Penis rieb.

Und da hatte das Magma auch schon die Oberfläche erreicht. Der Vulkan brach auf und die Eruption war nicht mehr aufzuhalten. Und es *war* eine Eruption! Die ganze aufgestaute Erregung entlud sich in Maries Höschen, der Penis, den Beate nun richtiggehend molk, pumpte all das angesammelte ‚Magma' heraus in einer Entladung, die so lang war, wie Alex es noch niemals zuvor erlebt hatte. Immer fürchtete er, Beate würde die Entladung unterbrechen, doch sie molk weiter, wenn sich ihr Gesicht auch langsam angewidert verzog.

Schließlich zog sie ihre Hand zurück. Ein letzter Spritzer ging direkt ins Höschen, dass vollkommen durchnässt war.

Beate warf einen Blick auf ihre Hand.

„Igitt!", stieß sie angeekelt hervor, „wie eklig!"

Dann hielt sie Alex die Hand vor sein Gesicht. „Leck das ab!"

Alex war noch kaum wieder zu Atem gekommen, doch in diesem Augenblick konnte Beate alles von ihm haben. Gehorsam leckte er die Handfläche ab.

„Zieh dir ein sauberes Höschen an ... nein, warte:

Du behältst *dieses* Höschen an. Das ist deine erste Strafe. Dieses feuchte, stinkende Höschen wirst du anbehalten, so lange wir es dir sagen. Hast du verstanden?"

Alex senkte den Kopf. Er hatte den Eindruck, in einer Wolke zu stehen, die intensiv nach Sperma roch.

Da trat Beate wieder auf ihn zu, steckte ihre Hand noch einmal in das Höschen, umfasste den feuchten Penis und begann ihn zu reiben und zu kneten. Noch reagierte er so gut wie nicht darauf. Aber es dauerte nur Augenblicke.

„Und merk dir: das war das letzte Mal für eine lange, eine sehr lange Zeit! Sobald du wieder sauber bist und den Keuschheitsgürtel trägst, ist es aus mit der Selbstbefriedigung. Dein Schwanz gehört dir nicht mehr! Er ist *unser*! Unser Lustspender! Einzig dazu da, *uns* zu befriedigen. Hast du mich verstanden?"

Wieder nickte Marie stumm.

Beate nahm ihre Hand aus dem Höschen und hielt sie Marie erneut hin. „Dann mach das sauber!"

# Inhalt

| | |
|---|---:|
| Liebste Beate | 5 |
| Zum ersten Mal | 18 |
| Der erste Arbeitstag | 30 |
| Pizza | 45 |
| Besuch | 56 |
| Drei sind keine zu viel | 67 |
| Noch ein Schlüssel | 76 |

**Von Catherine May sind in diesem Verlag bisher erschienen:**

**Neun Tage Frau – Teil 1**
197 Seiten – ISBN: 978-3-7392-2829-9
erhältlich als Taschenbuch und als E-Book

**Neun Tage Frau – Teil 2**
190 Seiten – ISBN: 978-3-7392-2999-7
erhältlich als Taschenbuch und als E-Book

**Im Kleinen Schwarzen. Erotische Erzählung**
64 Seiten – ISBN: 978-3-7412-7242-4
erhältlich als Taschenbuch und als E-Book

**Im Kleinen Schwarzen – Teil 2
Erotische Erzählung"**
80 Seiten – ISBN: 978-3-7431-2847-7
erhältlich als Taschenbuch und als E-Book

**Im Kleinen Schwarzen – Teil 3
Erotische Erzählung"**
88 Seiten – ISBN: 978-3-7431-9482-3
erhältlich als Taschenbuch und als E-Book

*Die Reihe „Crossdresser-Erzählungen" wird fortgesetzt, ebenso die Erzählung „Im Kleinen Schwarzen".*

*Verlag und Autorin freuen sich über Rückmeldungen
auf den gängigen Buchhandelsseiten
im Internet.*

*Beteiligen Sie sich am Fortgang der Erzählungen!*

*Wünsche und Anregungen wird Catherine May gern in
zukünftigen Erzählungen berücksichtigen.*